Westside

Westside

D0458389

EL *manuscrito*

encontrado EN

Accra

EL *manuscrito*
encontrado EN
Accra

Paulo Coelho

Vintage Español
Una división de Random House, Inc.
Nueva York

PRIMERA EDICIÓN VINTAGE ESPAÑOL, NOVIEMBRE 2012

Copyright de la traducción © 2012 por Pilar Obón

Oh María, sin pecado concebida,

ruega por nosotros que a Ti recurrimos. Amén.

Para N. S. R. M.,
en agradecimiento por el milagro,
y para Mônica Antunes, que nunca
desperdició sus bendiciones

Hijas de Jerusalén, no lloréis por mí;
llorad por vosotras,
y por vuestros hijos.

Lucas 23:28

Prefacio y salutación

En diciembre de 1945, dos hermanos que buscaban un sitio para descansar encontraron una vasija llena de papiros en una caverna en la región de Hamra Dom, en el Alto Egipto. En vez de avisar a las autoridades locales, como lo exigía la ley, resolvieron venderlos poco a poco en el mercado de antigüedades, evitando de esta manera llamar la atención del gobierno. La madre de los muchachos, temiendo la influencia de las «energías negativas», quemó varios de los papiros recién descubiertos.

Al año siguiente, por razones que la historia no registra, los hermanos pelearon entre sí. Atribuyendo el hecho a las mencionadas «energías negativas», la madre entregó los manuscritos a un sacerdote, que vendió algunos de ellos al Museo Copto de El Cairo. Ahí, los pergaminos adquirieron el nombre que conservan hasta hoy:

Manuscritos de Nag Hammadi (en referencia a la ciudad más cercana a las cavernas donde fueron hallados). Uno de los peritos del museo, el historiador de las religiones Jean Doresse, comprendió la importancia del descubrimiento y lo mencionó por primera vez en una publicación en 1948.

Otros pergaminos comenzaron a aparecer en el mercado negro. En poco tiempo, el gobierno egipcio se dio cuenta de la relevancia del hallazgo y trató de impedir que los manuscritos salieran del país. Poco después de la revolución de 1952, la mayor parte del material que había sido entregado al Museo Copto de El Cairo fue declarada patrimonio nacional. Sólo un texto escapó al cerco, y apareció en el establecimiento de un anticuario belga. Hubo tentativas inútiles de venderlo en Nueva York y París, hasta que finalmente fue adquirido por el Instituto Carl Jung en 1951. Con la muerte del famoso psicoanalista, el pergamino, ahora conocido como el Códice Jung, regresó a El Cairo, donde hoy están reunidos cerca de mil páginas y fragmentos de los *Manuscritos de Nag Hammadi*.

Los papiros encontrados son traducciones griegas de textos escritos entre el final del siglo primero de la Era Cristiana y el año 180 d.C., y constituyen un cuerpo de textos conocido también como los*Evangelios Apócrifos*, ya que no se encuentran en la Biblia tal como la conocemos hoy.

¿Por qué razón?

En el año 170 d.C., un grupo de obispos se reunió para definir los textos que formarían parte del Nuevo Testamento. El criterio fue simple: se debería incluir todo aquello que pudiera combatir las herejías y divisiones doctrinarias de la época. Fueron seleccionados los actuales evangelios, las cartas y todo lo que tenía una cierta «coherencia», digamos, con la idea central de lo que a su juicio era el Cristianismo. La referencia a la reunión de los obispos y la lista de libros aceptados están en el desconocido *Canon Muratori*. Los otros libros, como los encontrados en Nag Hammadi, quedaron fuera porque presentaban textos de mujeres (como el *Evangelio de María Magdalena*) o porque revelaban a un Jesús consciente de su misión divina, lo que volvería su pasaje por la muerte menos sufrido y doloroso.

En 1974, un arqueólogo inglés, Sir Walter Wilkinson, descubrió cerca de Nag Hammadi otro manuscrito, esta vez en tres lenguas: árabe, hebreo y latín. Conocedor de las reglas que protegían los hallazgos en la región, envió el texto al Departamento de Antigüedades del Museo de El Cairo. Poco tiempo después recibió la respuesta: había por lo menos 155 copias de aquel documento circulando en el mundo (tres de las cuales pertenecían al museo) y todas eran prácticamente iguales. Las pruebas con carbono 14 (utilizadas para hacer la datación de materiales orgánicos) revelaron que el pergamino era relativamente reciente, escrito posiblemente en el año 1307 de la Era Cristiana. No fue difícil rastrear su origen a la ciudad de Accra (Acre), fuera del territorio egipcio. Por lo tanto, no existía restricción alguna para su salida del país, y Sir Wilkinson recibió un permiso por escrito del gobierno egipcio (Ref. 1901/317/IFP-75, fechado el 23 de noviembre de 1974) para llevarlo a Inglaterra.

Conocí al hijo de Sir Walter Wilkinson en la Navidad de 1982, en Porthmadog, en el País de Gales, en el Reino Unido. Recuerdo que en aquella época mencionó el manuscrito encontrado por su padre, pero ninguno de los dos le dio mucha importancia al asunto. Mantuvimos una relación cordial a lo largo de todos esos años, y tuve la oportunidad de verlo por lo menos otras dos veces cuando visité su país para la promoción de mis libros.

El día 30 de noviembre de 2011 recibí una copia del texto al que se refirió en nuestro primer encuentro. Paso ahora a transcribirlo.

Me gustaría tanto comenzar estas líneas escribiendo:

«Ahora que estoy en el final de la vida, dejo a quienes vinieran después todo aquello que aprendí mientras caminaba por la faz de la Tierra. Que hagan buen uso de él».

Pero, por desgracia, eso no es verdad. Tengo sólo 21 años, unos padres que me dieron amor y educación y una mujer a la que amo y que me corresponde, pero la vida se encargará de separarnos mañana, cuando cada uno deba partir en busca de su camino, de su destino o de su forma de encarar la muerte.

Para nuestra familia, hoy es el día 14 de julio de 1099. Para la familia de Yakob, mi amigo de la infancia, con quien jugaba por las calles de esta ciudad de Jerusalén, estamos en 4899: él adora decir que la religión judaica es más antigua que la mía. Para el respetable Ibn al-Athir, que pasó la vida intentando registrar una historia que ahora llega a su fin, el año 492 está a punto de terminar. No concordamos en las fechas ni en la manera de adorar a Dios, pero en todo lo demás, la convivencia ha sido muy buena.

Hace una semana se reunieron nuestros comandan-
tes: las tropas francesas son infinitamente superiores y
están mejor armadas que las nuestras. A todos nos dieron una elección: abandonar la ciudad o luchar hasta la
muerte, porque con toda certeza seremos derrotados. La
mayoría decidió quedarse.

En este momento, los musulmanes están reunidos en
la mezquita de Al-Aqsa, los judíos escogieron el Mihrab
Dawud para concentrar a sus soldados y los cristianos,
dispersos por muchos barrios, quedaron a cargo de la de-
fensa del sector sur de la ciudad.

Afuera podemos ver ya las torres de asalto, construi-
das con madera de barcos que fueron desmantelados es-
pecialmente para eso. Por el movimiento de las tropas
enemigas, imaginamos que atacarán mañana por la mañana, derramando sangre en nombre del Papa, de la «li-
beración» de la ciudad, de los «deseos divinos».

Esta tarde, en el atrio donde hace un milenio el gober-
nador romano Poncio Pilatos entregó a Jesús a la multitud
para que fuera crucificado, un grupo de hombres y mujeres de todas las edades fue al encuentro del griego que aquí
todos conocemos como Copta.

Copta es un tipo extraño. Decidió dejar su ciudad na-
tal, Atenas, siendo todavía adolescente, para ir en busca

de dinero y aventura. Terminó tocando a las puertas de nuestra ciudad casi muerto de hambre, fue bien recibido, abandonó poco a poco la idea de continuar su viaje y resolvió instalarse aquí.

Se empleó como zapatero y, de la misma forma en que lo hacía Ibn al-Athir, comenzó a registrar para el futuro todo lo que veía y escuchaba. No buscó afiliarse a ninguna práctica religiosa y nadie trató de convencerlo de lo contrario. Para él no estamos en 1099, ni en 4859 y mucho menos al final del año 492. Copta solamente cree en el momento presente y en lo que llama Moira, su dios desconocido, la Energía Divina, responsable por la única ley que jamás puede ser transgredida o el mundo desaparecería.

Al lado de Copta estaban los patriarcas de las tres religiones que se instalaron en Jerusalén. Ningún gobernante apareció mientras duró la conversación, preocupados como estaban con los últimos preparativos para la resistencia que, creemos, será completamente inútil.

—Hace muchos siglos, un hombre fue juzgado y condenado en esta plaza —comenzó el griego—. En la calle que sigue a la derecha, mientras caminaba en dirección a la muerte, pasó cerca de un grupo de mujeres. Al ver que lloraban, les dijo: «No lloren por mí, lloren por Jerusalén».

Profetizaba lo que está ocurriendo ahora. A partir de mañana, lo que era armonía se transformará en discordia. Lo que era alegría será sustituido por luto. Lo que era paz dará lugar a una guerra que se extenderá hasta un futuro tan distante que no podemos siquiera soñar con su final.

Nadie dijo nada, porque ninguno de nosotros sabía exactamente lo que estaba haciendo ahí. ¿Seríamos obligados a escuchar otro sermón más sobre los invasores que se llamaban a sí mismos «cruzados»?

Copta saboreó un poco la confusión que se instaló entre nosotros. Y después de un largo silencio, decidió explicar:

—Pueden destruir la ciudad, pero no pueden acabar con todo lo que ella nos enseñó. Por eso, es preciso que ese conocimiento no tenga el mismo destino que nuestras murallas, casas y calles.

»Pero ¿qué es el conocimiento?»

Como nadie respondió, el griego continuó:

—No es la verdad absoluta sobre la vida y la muerte, sino lo que nos ayuda a vivir y enfrentar los desafíos de la vida diaria. No es la erudición de los libros, que sirve sólo para alimentar discusiones inútiles sobre lo que ocurrió u ocurrirá, sino la sabiduría que reside en el corazón de los hombres y mujeres de buena voluntad.

Copta prosiguió:

—Yo soy un sabio, y aunque haya pasado todos estos años recuperando antigüedades, clasificando objetos, anotando fechas y discutiendo de política, no sé exactamente qué decir. Pero en este momento pido a la Energía Divina que purifique mi corazón. Ustedes me harán preguntas y yo las responderé. En la Grecia antigua, era así como los maestros aprendían: cuando sus discípulos los cuestionaban sobre algo en lo que nunca habían pensado antes pero que estaban obligados a contestar.

—¿Y qué haremos con las respuestas? —preguntó alguien.

—Algunos escribirán lo que digo. Otros se acordarán de las palabras. Pero lo importante es que hoy en la noche ustedes partan hacia los cuatro rincones del mundo, esparciendo lo que escucharán. Así, el alma de Jerusalén será preservada. Y un día podremos reconstruirla, no sólo una ciudad, sino como un lugar donde nuevamente la sabiduría habrá de converger y donde la paz volverá a reinar.

—Todos sabemos lo que nos espera mañana —dijo otro hombre—. ¿No sería mejor que discutiéramos cómo negociar la paz, o que nos preparáramos para el combate?

Copta miró a los religiosos que estaban a su lado y, enseguida, se volvió hacia la multitud.

—Nadie sabe lo que nos reserva el mañana, porque cada día trae su mal o su bien. Por lo tanto, al preguntar lo que desean saber, olvidarán a las tropas que están allá afuera y el miedo que traen dentro. Nuestro legado no será decir a aquellos que heredarán la Tierra lo que sucedió el día de hoy; la historia se encargará de hacerlo. Hablaremos, entonces, de nuestra vida cotidiana, de las dificultades que nos vimos obligados a enfrentar. Sólo eso le interesa al futuro, porque no creo que las cosas cambien mucho en los próximos mil años.

Entonces, mi vecino Yakob pidió:

«Háblanos sobre la derrota».

¿Puede una hoja, cuando cae del árbol en invierno, sentirse derrotada por el frío?

El árbol le dice a la hoja: «Éste es el ciclo de la vida. Aunque pienses que morirás, en verdad todavía sigues en mí. Gracias a ti estoy vivo, porque puedo respirar. También gracias a ti me sentí amado, porque pude darle sombra al cansado viajero. Tu savia está en mi savia, somos una misma cosa».

¿Puede un hombre que se preparó durante años para subir la montaña más alta del mundo sentirse derrotado cuando llega ante el monte y descubre que la naturaleza lo cubrió con una tempestad? El hombre le dice a la montaña: «Tú no me quieres ahora, pero el tiempo cambiará y un día podré subir hasta tu cima. Mientras tanto, tú seguirás ahí, esperándome».

¿Puede un joven, cuando es rechazado por su primer

amor, afirmar que el Amor no existe? El joven se dice a sí mismo: «Encontraré a alguien capaz de entender lo que siento. Y seré feliz por el resto de mis días».

No existen victoria ni derrota en el ciclo de la naturaleza: existe movimiento.

El invierno lucha por reinar soberano, pero al final es obligado a aceptar la victoria de la primavera, que trae consigo flores y alegría.

El verano quiere prolongar sus días cálidos para siempre, pues está convencido de que el calor trae beneficios a la Tierra. Pero termina aceptando la llegada del otoño, que permitirá que la Tierra descanse.

La gacela come las hierbas y es devorada por el león. No se trata de quién es más fuerte, sino de cómo nos muestra Dios el ciclo de la muerte y la resurrección.

Y en este ciclo no hay vencedores ni perdedores: sólo etapas que deben ser cumplidas. Cuando el corazón del ser humano comprende eso, es libre. Acepta sin pesar los momentos difíciles y no se deja engañar por los momentos de gloria.

Ambos pasarán. Uno sucederá al otro. Y el ciclo continuará hasta que nos liberemos de la carne y nos encontremos con la Energía Divina.

Por lo tanto, cuando el luchador esté en la arena, sea

por elección propia, sea porque el destino insondable lo puso ahí, que su espíritu tenga alegría en el combate que está a punto de trabar. Si mantiene la dignidad y la honra, puede perder la batalla, pero jamás será derrotado, porque su alma estará intacta.

Y no culpará a nadie por lo que le está sucediendo. Desde que amó por primera vez y fue rechazado entendió que eso no mataba su capacidad de amar. Lo que es válido para el Amor es válido también para la guerra.

Perder una batalla, o perder todo lo que pensábamos que poseíamos, nos trae momentos de tristeza. Pero cuando éstos pasan, descubrimos la fuerza desconocida que existe en cada uno de nosotros, la fuerza que nos sorprende y aumenta el respeto que tenemos por nosotros mismos.

Miramos a nuestro alrededor y nos decimos: «Yo sobreviví». Y nos alegramos con nuestras palabras.

Sólo aquellos que no reconocen esa fuerza dicen: «Yo perdí». Y se entristecen.

Otros, aun sufriendo por la pérdida y humillados por las historias que los vencedores cuentan sobre sí mismos, se permiten derramar algunas lágrimas, pero nunca sienten lástima de sí mismos. Sólo saben que el combate fue interrumpido y que en ese momento están en desventaja.

Escuchan los latidos de su corazón. Se dan cuenta de que están tensos. De que tienen miedo. Hacen un balance de su vida y descubren que, a pesar del terror que sienten, la fe sigue incendiando su alma y empujándolos hacia delante.

Procuran saber dónde se equivocaron y dónde acertaron. Aprovechan el momento en que están caídos para descansar, curar las heridas, descubrir nuevas estrategias y equiparse mejor.

Y llega un día en que un nuevo combate toca a su puerta. El miedo sigue ahí, pero ellos necesitan actuar, de lo contrario permanecerán para siempre acostados en el suelo. Se levantan y encaran al adversario, recordando el sufrimiento que vivieron y que ya no quieren vivir más.

La derrota anterior los obliga a vencer esta vez, ya que no quieren pasar de nuevo por los mismos dolores.

Y si la victoria no ocurriera esta vez, ocurrirá la próxima. Y si no fuera la próxima, será más adelante. Lo peor no es caer, es quedar preso en el suelo.

Sólo es el derrotado quien desiste. Todos los demás son vencedores.

Y llegará el día en que los momentos difíciles serán sólo historias que contar, orgullosos, a quienes quieran escucharlas. Y todos las escucharán con respeto y aprenderán tres cosas importantes:

A tener paciencia para esperar el momento adecuado para actuar.

A tener sabiduría para no dejar escapar la próxima oportunidad.

Y a sentirse orgullosos de sus cicatrices.

Las cicatrices son medallas grabadas a fuego y hierro en la carne. Y dejarán a sus enemigos asustados, al demostrar que la persona que tienen delante posee mucha experiencia de combate. Muchas veces, eso los llevará a buscar el diálogo y evitará el conflicto.

Las cicatrices hablan mucho más alto que la lámina de la espada que las causó.

«Describe a los derrotados», pidió un mercader, cuando notó que Copta había acabado de hablar.

Y él respondió:

Los derrotados son aquellos que no fracasan.

La derrota nos hace perder una batalla o una guerra. El fracaso no nos deja luchar.

La derrota viene cuando no conseguimos algo que queremos mucho. El fracaso no nos permite soñar. Su lema es: «No desees nada, y nunca sufrirás».

La derrota tiene un final: cuando nos empeñamos en un nuevo combate. El fracaso no tiene un final: es una elección de vida.

La derrota es para quienes, aun con miedo, viven con fe y entusiasmo.

La derrota es para los valientes. Sólo ellos pueden tener el honor de perder y la alegría de ganar.

No estoy aquí para decir que la derrota forma parte de la vida; eso todos lo sabemos. Sólo los derrotados conocen el Amor. Porque es en el reino del Amor donde libramos nuestros primeros combates, y generalmente perdemos.

Estoy aquí para decir que existen personas que nunca fueron derrotadas.

Son aquellas que nunca lucharon.

Lograron evitar las cicatrices, las humillaciones, el sentimiento de desamparo y aquellos momentos en que los guerreros dudan de la existencia de Dios.

Esas personas pueden decir con orgullo: «Nunca perdí una batalla». Sin embargo, jamás podrán decir: «Gané una batalla».

Pero eso no les interesa. Viven en un universo donde creen que nunca serán alcanzadas, cierran los ojos a las injusticias y al sufrimiento, se sienten seguras porque no necesitan lidiar con los desafíos cotidianos de quienes se arriesgan a ir más allá de sus propios límites.

Nunca escucharon un «Adiós». Tampoco un «Aquí estoy de regreso. Abrázame con el sabor de quien me tenía por perdido y me ha vuelto a encontrar».

Los que nunca fueron derrotados parecen alegres y superiores, dueños de una verdad por la cual jamás moverán siquiera una paja. Están siempre al lado de los más fuertes. Son como hienas, que sólo comen los restos que deja el león.

Enseñan a sus hijos: «No se involucren en conflictos, sólo pueden perder. Guarden sus dudas para sí mismos y jamás tendrán problemas. Si alguien los agrede, no se sientan ofendidos ni se rebajen procurando devolver el ataque. Hay otras cosas de las cuales preocuparse en la vida».

En el silencio de la noche, enfrentan sus batallas imaginarias: sus sueños no realizados, las injusticias que fingieron no percibir, los momentos de cobardía que lograron disfrazar ante los demás, menos ante sí mismos, y el Amor que se cruzó por su camino con un brillo en los ojos, aquel que les estaba destinado por las manos de Dios y que, sin embargo, no tuvieron el coraje de abordar.

Y prometen: «Mañana será distinto».

Pero llega mañana y viene la pregunta que los paraliza: «¿Y si todo saliera mal?»

Entonces, no hacen nada.

¡Ay de los que nunca fueron vencidos! Tampoco serán vencedores en esta vida.

«Cuéntanos sobre la soledad», pidió
una joven que estaba a punto de
casarse con el hijo de uno de los
hombres más ricos de la ciudad, y
que ahora se veía obligada a huir.

Y él respondió:

Sin la soledad, el Amor no permanecerá mucho tiempo a tu lado.

Porque también el Amor necesita reposo, de modo que pueda viajar por los cielos y manifestarse de otras formas.

Sin la soledad, ninguna planta o animal sobrevive, ninguna tierra es productiva por mucho tiempo, ningún niño puede aprender sobre la vida, ningún artista consigue crear, ningún trabajo puede crecer y transformarse.

La soledad no es la ausencia de Amor, sino su complemento.

La soledad no es la ausencia de compañía, sino el momento en que nuestra alma tiene la libertad de conversar con nosotros y ayudarnos a decidir sobre nuestras vidas.

Por lo tanto, benditos sean aquellos que no temen a la soledad. Que no se asustan con la propia compañía, que no se desesperan buscando algo en qué ocuparse, divertirse o juzgar.

Porque quien nunca está solo ya no se conoce a sí mismo.

Y quien no se conoce a sí mismo comienza a temer el vacío.

Pero el vacío no existe. Un mundo gigantesco se oculta en nuestra alma, esperando ser descubierto. Está ahí, con su fuerza intacta, pero es tan nuevo y tan poderoso que tenemos miedo de aceptar su existencia.

Porque el hecho de descubrir quiénes somos nos obliga a aceptar que podemos ir mucho más lejos de lo que estamos acostumbrados. Y eso nos asusta. Mejor no arriesgar tanto, ya que siempre podemos decir: «No hice lo que tenía que hacer, porque no me dejaron».

Es más cómodo. Es más seguro. Y, al mismo tiempo, es renunciar a la propia vida.

¡Ay de quienes prefieren pasar la vida diciendo: «No tuve oportunidad»!

Porque cada día se hundirán un poco más en sus propios límites, y llegará el momento en que no tendrán fuerzas para escapar de ellos y encontrar de nuevo la luz que brilla por la abertura que existe sobre sus cabezas.

Y benditos los que dicen: «Yo no tengo el valor».

Porque ellos entienden que la culpa no es de los demás. Y tarde o temprano encontrarán la fe necesaria para enfrentar la soledad y sus misterios.

Y, para aquellos que no se dejan asustar por la soledad que revela los misterios, todo tendrá un sabor diferente.

En soledad, descubrirán el amor que podría llegar inadvertido. En soledad, entenderán y respetarán el amor que se marchó.

En soledad, ellos sabrán decidir si vale la pena pedirle que vuelva, o si deben permitir que ambos sigan un nuevo camino.

En soledad, aprenderán que decir «no» no siempre es una falta de generosidad, y que decir «sí» no siempre es una virtud.

Y aquellos que están solos en este momento, jamás se dejen asustar por las palabras del demonio, que dice: «Estás perdiendo tiempo».

O por las palabras, todavía más poderosas, del jefe de los demonios: «A nadie le importas».

La Energía Divina nos escucha cuando hablamos con los demás, pero también nos escucha cuando estamos quietos, en silencio, aceptando la soledad como una bendición.

Y en ese momento, Su luz ilumina todo lo que está a nuestro alrededor y nos hace ver qué tan necesarios somos, a qué grado nuestra presencia en la Tierra hace una inmensa diferencia en Su trabajo.

Y, cuando logramos esa armonía, recibimos más de lo que pedimos.

Y aquellos que se sienten oprimidos por la soledad necesitan recordar que en los momentos más importantes de la vida siempre estaremos solos.

Como el niño al salir del vientre de la mujer: no importa cuántas personas estén a su alrededor, la decisión final de vivir le pertenece a él.

Como el artista delante de su obra: para que su trabajo sea realmente bueno, necesita quedarse quieto y escuchar sólo la lengua de los ángeles.

Como nos encontraremos un día delante de la muerte, la Indeseada de la Gente, y estaremos solos en el momento más importante y temido de nuestra existencia.

Así como el Amor es la condición divina, la soledad es la condición humana. Y ambos conviven sin conflictos para quienes entienden el milagro de la vida.

Y un muchacho que había sido elegido
para partir rasgó sus vestiduras y dijo:

«Mi ciudad juzga que no sirvo para el
combate. Soy inútil».

Y él respondió:

Algunas personas dicen: «No logro despertar el Amor en los demás». Pero en el amor no correspondido existe siempre la esperanza de que algún día sea aceptado.

Otros escriben en sus diarios: «Mi genio no es reconocido, mi talento no es apreciado, mis sueños no son respetados». Pero también para ellos existe la esperanza de que las cosas cambien después de muchas luchas.

Otros pasan el día tocando puertas, explicando: «Estoy desempleado». Saben que, si tienen paciencia, una de esas puertas se abrirá.

———

Pero existen quienes despiertan todas las mañanas con el corazón oprimido. No están en busca de amor, de reconocimiento, de trabajo.

Se dicen a sí mismos: «Soy inútil. Vivo porque necesito sobrevivir, pero nadie, absolutamente nadie, está interesado en lo que estoy haciendo».

El sol brilla allá afuera, la familia está a su alrededor, procuran mantener la máscara de alegría porque, a los ojos de los demás, tienen todo lo que han soñado. Pero están convencidos de que todos pueden estar sin ellos. O porque son demasiado jóvenes y notan que los más viejos tienen otras preocupaciones, o porque son demasiado viejos y juzgan que a los más jóvenes no les importa lo que tienen que decir.

El poeta escribe algunos versos y los lanza a la basura, pensando: «Esto no le interesa a nadie».

El empleado llega al trabajo y todo lo que hace es repetir la tarea del día anterior. Piensa que un día, si lo despiden, nadie notará su ausencia.

La muchacha cose su vestido poniendo un enorme esfuerzo en cada detalle y, cuando llega a la fiesta, comprende que las miradas le están diciendo: no estás más bonita ni más fea, ése es un vestido más entre millones de vestidos en todos los lugares del mundo donde, en este momento preciso, están ocurriendo fiestas semejantes: algunas en grandes palacios, otras en pequeños pueblos donde todos se conocen y tienen algo que comentar sobre el atuendo de los demás.

Menos sobre el suyo, que pasó desapercibido. No era bonito ni feo. Era sólo un vestido más.

Inútil.

Los más jóvenes se dan cuenta de que el mundo está lleno de problemas gigantescos, que ellos sueñan con resolver, pero nadie se interesa en su opinión. «Ustedes todavía no conocen la realidad del mundo», escuchan. «Oigan a los más viejos y sabrán mejor lo que tienen que hacer».

Los más viejos ganaron experiencia y madurez, aprendieron duramente con las adversidades de la vida, pero, cuando llega la hora de enseñar, nadie está interesado. «El mundo cambió», escuchan. «Es preciso acompañar el progreso y escuchar a los más jóvenes.»

Sin respetar la edad y sin pedir permiso, el sentimiento de inutilidad corroe el alma, repitiendo siempre: «Nadie se interesa por ti, no eres nada, el planeta no necesita de tu presencia».

En la desesperada intención de dar sentido a su vida, muchos comienzan a buscar la religión, porque una lucha en nombre de la fe parece siempre justificar algo grande, que puede transformar al mundo. «Estamos trabajando para Dios», se dicen a sí mismos.

Y se transforman en devotos. Enseguida se transforman en evangelistas. Y por fin se transforman en fanáticos.

No entienden que la religión fue hecha para compartir los misterios y la adoración, jamás para oprimir y convertir a otros. La vida es la mayor manifestación del milagro de Dios.

Esta noche lloraré por ti, oh, Jerusalén, porque esta comprensión de la Unidad Divina desaparecerá por los próximos mil años.

Pregunten a una flor silvestre: «¿Te sientes inútil porque todo lo que haces es reproducir otras flores semejantes?»

Y ella responderá: «Yo soy bella, y la belleza en sí es mi razón de vivir».

Pregunten a un río: «¿Te sientes inútil porque todo lo que haces es correr siempre en la misma dirección?»

Y él responderá: «No estoy intentando ser útil; estoy intentando ser un río».

Nada en este mundo es inútil ante los ojos de Dios. Ni una hoja que cae del árbol, ni un cabello que cae de la cabeza, ni un insecto que termina muerto porque estaba incomodando. Todo tiene una razón de ser.

Incluso tú, que acabas de hacer esa pregunta. «Yo soy inútil» es una respuesta que te estás dando a ti mismo.

En breve estarás envenenado por ella y morirás en vida, aunque continúes andando, comiendo, durmiendo e intentando divertirte cuando sea posible.

No intentes ser útil. Intenta ser tú: con eso basta, y hace toda la diferencia.

No camines más rápido ni más despacio que tu alma. Porque ella te enseñará, a cada paso, cuál es tu utilidad. A veces es participar en un gran combate que ayudará a cambiar el rumbo de la historia. Pero a veces es simplemente sonreír sin motivo a una persona con quien te cruzaste casualmente en la calle.

Sin haber tenido la menor intención, puedes haber salvado la vida de un desconocido que también se consideraba inútil y que podía estar a punto de matarse, hasta que una sonrisa le dio esperanza y confianza.

———

Aunque observes tu vida con todo cuidado y revivas cada uno de los momentos en que sufriste, sudaste y sonreíste bajo el sol, jamás podrás saber exactamente cuándo fuiste útil a los demás.

Una vida nunca es inútil. Cada alma que descendió a la Tierra tiene una razón para estar aquí.

Las personas que realmente hacen bien a los demás no están buscando ser útiles, sino llevar una vida interesante. Casi nunca dan consejos, pero sirven de ejemplo.

Busca sólo eso: vivir lo que siempre deseaste vivir. Evita criticar a los otros y concéntrate en lo que siempre soñaste. Tal vez no veas mucha importancia en eso.

Pero Dios, que todo lo ve, sabe que el ejemplo que das lo está ayudando a mejorar el mundo. Y cada día te cubrirá de más bendiciones.

Y cuando llegue la Indeseada de la Gente, la escucharás decir:

—Es justo preguntar: «Padre, Padre, ¿por qué me has abandonado?

»Pero ahora, en este último segundo de tu vida en la Tierra, te voy a decir lo que vi: encontré la casa limpia, la mesa puesta, el campo arado, las flores sonriendo. Encontré cada cosa en su lugar, como debe ser. Entendiste que las pequeñas cosas son responsables de los grandes cambios.

»Y por eso voy a llevarte al Paraíso.»

Y una mujer llamada Almira, que era costurera, dijo:

«Yo podía haber partido antes de la llegada de los cruzados, y hoy estaría trabajando en Egipto. Pero siempre tuve miedo de cambiar».

Y él respondió:

Tenemos miedo de cambiar porque pensamos que, después de mucho esfuerzo y sacrificio, conocemos nuestro mundo.

Y aunque ese mundo no sea lo mejor, aunque no estemos enteramente satisfechos, por lo menos no tendremos sorpresas. No nos equivocaremos.

Cuando sea necesario, haremos pequeños cambios para que todo siga igual.

Vemos que las montañas permanecen en el mismo lugar. Vemos que los árboles ya crecidos terminan muriendo cuando son trasplantados.

Y decimos: «Quiero ser como las montañas y los árboles. Sólidos y respetados».

Aun cuando, en la noche, despertemos pensando:

«Me gustaría ser como los pájaros, que pueden visitar Damasco y Bagdad, y volver siempre que lo deseen».

O si no: «Quién pudiera ser como el viento, que nadie sabe de dónde viene ni para dónde va, y que cambia de rumbo sin tener que dar explicaciones a nadie».

Pero al día siguiente recordamos que los pájaros están siempre huyendo de los cazadores y de las aves más fuertes. Y que a veces el viento queda atrapado en un remolino y todo lo que hace es destruir lo que está a su alrededor.

Es muy bueno soñar que siempre hay espacio para ir más lejos, y que lo haremos algún día. El sueño nos alegra, porque sabemos que somos más capaces de lo que creemos.

Soñar no implica riesgos. Lo peligroso es querer transformar los sueños en realidad.

Pero llega un día en que el destino toca a nuestra puerta. Puede ser el toque suave del Ángel de la Suerte, o el toque inconfundible de la Indeseada de la Gente. Ambos dicen: «Cambia ahora». No la próxima semana, ni el próximo mes, ni el próximo año. Los ángeles dicen: «Ahora».

Siempre escuchamos a la Indeseada de la Gente. Y cambiamos todo por miedo a que ella nos lleve: cambiamos de pueblo, de hábitos, de zapatos, de comida, de comportamiento. No podemos convencer a la Indeseada de la Gente de que nos permita seguir siendo como antes. No hay diálogo.

También escuchamos al Ángel de la Suerte, pero a él le preguntamos: «¿Adónde quieres llevarme?»

«A una nueva vida», es la respuesta.

Y recordamos: tenemos nuestros problemas, pero podemos solucionarlos, aunque pasemos cada vez más tiempo lidiando con ellos. Debemos servir de ejemplo a nuestros padres, a nuestros maestros, a nuestros hijos, y mantenernos en el camino correcto.

Nuestros vecinos esperan que seamos capaces de enseñar a todos la virtud de la perseverancia, de la lucha contra las adversidades y la superación de los obstáculos.

Y nos sentimos orgullosos de nuestro comportamiento. Y somos elogiados porque no aceptamos cambiar, sino que continuamos el rumbo que el destino eligió para nosotros.

Nada más equivocado.

Porque el camino correcto es el camino de la naturaleza: en cambio constante, como las dunas del desierto.

Se engañan quienes piensan que las montañas no cambian: ellas nacieron de terremotos, son trabajadas por el viento y por la lluvia, y cada día son diferentes, aunque nuestros ojos no puedan percibirlo.

Las montañas cambian y se alegran: «Qué bueno que no somos las mismas», se dicen unas a otras.

Se engañan quienes piensan que los árboles no cambian. Ellos necesitan aceptar la desnudez del invierno y la vestimenta del verano. Y van más allá del terreno donde están plantados, porque los pájaros y el viento esparcen sus semillas.

Los árboles se alegran: «Yo creía que era uno y hoy descubro que soy muchos», dicen a sus hijos, que comienzan a brotar a su alrededor.

La naturaleza nos dice: cambia.

Y los que no temen al Ángel de la Suerte entienden que es preciso seguir adelante, a pesar del miedo. A pesar de las dudas. A pesar de las recriminaciones. A pesar de las amenazas.

Se enfrentan con sus valores y prejuicios. Escuchan los consejos de aquellos que los aman: «No hagas eso, tú ya tienes todo lo que necesitas: el amor de tus padres, el cariño de tu esposa y de tus hijos, el empleo que tanto te costó conseguir. No corras el riesgo de ser un extranjero en una tierra extraña».

Pero se arriesgan a dar el primer paso: a veces por curiosidad, otras veces por ambición, mas generalmente por el deseo incontrolable de aventura.

A cada curva del camino se sienten más amedrentados. Mientras tanto, se sorprenden de sí mismos: están más fuertes y más alegres.

Alegría. Ésa es una de las principales bendiciones del Todopoderoso. Si estamos alegres, estamos en el camino correcto.

El miedo se aparta poco a poco, porque no recibió la importancia que deseaba tener.

Una pregunta persiste en los primeros pasos del camino: «¿Mi decisión de cambiar hace que otros sufran por mí?»

Pero quien ama quiere ver feliz a la persona amada. Si en un primer momento temió por ella, ese sentimiento pronto es sustituido por el orgullo de verle haciendo lo que le gusta, yendo adonde soñó llegar.

Más adelante, aparece el sentimiento de desamparo.

Pero los viandantes encuentran en la calle gente que está sintiendo lo mismo. A medida que conversan entre sí, descubren que no están solos: se vuelven compañeros de viaje, comparten la solución que encuentran para cada obstáculo. Y todos se descubren más sabios y más vivos de lo que imaginaban.

En los momentos en que el sufrimiento o el arrepentimiento se instalan en sus tiendas y ellos no pueden dormir, se dicen a sí mismos: «Mañana, y sólo mañana, daré un paso más. Siempre puedo volver, porque conozco el camino. Por lo tanto, un paso más no hará mucha diferencia».

Hasta que un día, sin previo aviso, el camino deja de poner a prueba al viajero y se vuelve generoso con él. Su espíritu, hasta ahora perturbado, se alegra con la belleza y los desafíos del nuevo paisaje.

Y cada paso, que antes era automático, se convierte en un paso consciente.

En vez de mostrar la comodidad de la seguridad, enseña la alegría de los desafíos.

El viajero continúa su jornada. En vez de quejarse de tedio, se queja de cansancio. Pero en ese momento para, descansa, disfruta del paisaje y sigue adelante.

En vez de pasarse la vida entera destruyendo los caminos que temía seguir, comienza a amar el que está recorriendo.

Aun si el destino final es un misterio. Aun si en un determinado momento toma una decisión equivocada. Dios, que está viendo su coraje, le dará la inspiración necesaria para corregirla.

Lo que todavía lo perturba no son los hechos, sino el temor de no saber comportarse ante ellos. Una vez que decidió seguir su camino, y ya no tiene más opción, descubre una voluntad impecable, y los hechos se amoldan a sus decisiones.

«Dificultad» es el nombre de una antigua herramienta, creada sólo para ayudarnos a definir quiénes somos.

Las tradiciones religiosas enseñan que la fe y la transformación son la única manera de acercarnos a Dios.

La fe nos muestra que en ningún momento estamos solos.

La transformación nos hace amar el misterio.

Y cuando todo parezca oscuro, y cuando nos sintamos desamparados, no miraremos atrás, con temor de ver las transformaciones que ocurrieron en nuestra alma. Miraremos hacia delante.

No temeremos lo que sucederá mañana, porque ayer tuvimos quien cuidara de nosotros.

Y esa misma Presencia seguirá a nuestro lado.

Esa Presencia nos protegerá del sufrimiento.

O nos dará fuerzas para enfrentarlo con dignidad.

Iremos más lejos de lo que pensamos. Buscaremos el lugar donde nace la estrella de la mañana. Y quedaremos sorprendidos al ver que llegar ahí fue más fácil de lo que imaginábamos.

———

La Indeseada de la Gente llega para los que no cambian y para los que cambian. Pero éstos por lo menos pueden decir: «Mi vida fue interesante, no desperdicié mi bendición».

Y para los que piensan que la aventura es peligrosa, que observen la rutina: ésta mata antes de tiempo.

Y alguien pidió:

«En el momento en que todo parece terrible, necesitamos animar nuestro espíritu. Por lo tanto, cuéntanos sobre la belleza».

Y él respondió:

Siempre escuchamos decir: «Lo que importa no es la belleza exterior, sino la belleza interior».

Pero no hay nada más falso que esa frase.

Si así fuera, ¿por qué las flores harían tanto esfuerzo para llamar la atención de las abejas?

¿Y por qué las gotas de lluvia se transformarían en un arco iris en cuanto encuentran el sol?

Porque la naturaleza anhela la belleza. Y sólo queda satisfecha cuando ésta puede ser exaltada.

La belleza exterior es la parte visible de la belleza interior. Y se manifiesta por la luz que emana de los ojos de cada uno. No importa si la persona está mal vestida, si no obedece a los patrones que consideramos elegantes o si ni siquiera se preocupa por impresionar a quien esté cerca.

Los ojos son el espejo del alma, y reflejan todo lo que parece estar oculto.

Pero, más allá de la capacidad de brillar, los ojos tienen otra cualidad: funcionan como un espejo.

Y reflejan a quien los está admirando. Así, si el alma de quien observa estuviera oscura, él verá siempre su propia fealdad. Porque, como todo espejo, los ojos nos devuelven a cada uno el reflejo de nuestro propio rostro.

———

La belleza está presente en todo lo que ha sido creado. Pero el peligro está en el hecho de que, como seres humanos muchas veces apartados de la Energía Divina, nos dejamos llevar por el juicio ajeno.

Negamos nuestra propia belleza porque los otros no pueden, o no quieren, reconocerla. En vez de aceptarnos como somos, procuramos imitar lo que vemos a nuestro alrededor.

Buscamos ser como aquellos a quienes todos dicen: «¡Qué bonito!» Poco a poco, nuestra alma se va debilitando, nuestra voluntad disminuye, y todo el potencial que teníamos para enfrentar al mundo deja de existir.

Olvidamos que el mundo es aquello que imaginamos ser.

Dejamos de tener el brillo de la luz y pasamos a ser la poza de agua que la refleja. Al día siguiente, el sol evaporará esa agua, y nada quedará.

Todo porque alguien dijo: «Eres feo». U otro comentó: «Ella es bonita». Con sólo dos o tres palabras, fueron capaces de robarnos toda la confianza que teníamos en nosotros mismos.

Y eso nos vuelve feos. Y eso nos vuelve amargados.

En ese momento, encontramos consuelo en eso que llaman «sabiduría»: un cúmulo de ideas empaquetadas por gente que trata de definir el mundo, en vez de respetar el misterio de la vida. Ahí están las reglas, los reglamentos, las medidas, y todo un bagaje absolutamente innecesario que busca establecer un patrón de comportamiento.

Y la falsa sabiduría parece decir: no te preocupes por la belleza, porque es superficial y efímera.

No es verdad. Todos los seres creados bajo del sol, de los pájaros a las montañas, de las flores a los ríos, reflejan la maravilla de la creación.

Si resistimos la tentación de aceptar que otros pueden definir quiénes somos, entonces poco a poco seremos capaces de lucir el sol que habita en nuestra alma.

El Amor pasa por ahí y dice: «Nunca había notado tu presencia».

Y nuestra alma responde: «Presta más atención, porque estoy aquí. Fue preciso que una brisa sacara el polvo de tus ojos, pero ahora que me reconociste, no vuelvas a abandonarme, ya que todos codician la belleza». Lo bello no reside en la igualdad, sino en la diferencia. No podemos imaginar una jirafa sin un largo cuello, o un cactus sin espinas. La irregularidad de los picos de las montañas que nos rodean es lo que las hace imponentes. Si la mano del hombre intentara dar a todas la misma forma, ya no inspirarían respeto.

Aquello que parece imperfecto es justamente lo que nos asombra y nos atrae.

Cuando miramos un cedro, no pensamos: «Las ramas deberían medir todas lo mismo». Pensamos: «Es fuerte».

Cuando vemos a una serpiente, jamás decimos: «Se arrastra por el suelo, mientras que yo camino con la cabeza erguida». Pensamos: «Aunque sea pequeña, su piel es colorida, sus movimientos elegantes, y es más poderosa que yo».

Cuando un camello cruza el desierto y nos lleva hasta el sitio adonde queremos llegar, nunca decimos: «Tiene jorobas y sus dientes son feos». Pensamos: «Es digno de mi amor por su lealtad y su ayuda. Sin él, yo jamás podría conocer el mundo».

Una puesta de sol es siempre más bella cuando el cielo está cubierto de nubes irregulares, porque sólo así puede reflejar los múltiples colores de los cuales están hechos los sueños y los versos del poeta.

Pobres de aquellos que piensan: «Yo no soy bello, porque el Amor no tocó a mi puerta». En realidad, el Amor tocó, pero esas personas no abrieron, porque no estaban preparadas para recibirlo.

Intentaban engalanarse, cuando en realidad ya estaban listas.

Intentaban imitar a otros, cuando el Amor buscaba algo original.

Procuraban reflejar lo que venía de fuera y olvidaron la Luz más fuerte que venía de adentro.

*Y un muchacho que debía partir
aquella noche dijo:*

« Nunca supe en qué dirección seguir ».

Y él respondió:

Así como el sol, la vida esparce su luz en todas direcciones. Y, cuando nacemos, queremos todo al mismo tiempo, sin controlar la energía que nos fue otorgada.

Pero si necesitamos fuego, es necesario hacer que los rayos del sol incidan todos en el mismo lugar.

Y el gran secreto que la Energía Divina le reveló al mundo fue el fuego. No sólo el que es capaz de calentar, sino el que transforma el trigo en pan.

Y llega el momento en que debemos concentrar ese fuego interno para que nuestra vida tenga un sentido.

Entonces preguntamos a los cielos: «¿Pero qué sentido es ése?»

Algunos apartan rápidamente esa pregunta: es incómoda, quita el sueño, y no existe una respuesta al alcance de la mano. Ésos son los que más tarde pasarán a vivir el día de mañana como vivieron el día de ayer.

Y cuando llegue la Indeseada de la Gente, dirán: «Mi vida fue corta, desperdicié mi bendición».

Otros aceptan la pregunta. Pero como no saben responderla, comienzan a leer lo que escribieron quienes enfrentaron el desafío. Y de repente encuentran una respuesta que piensan que es correcta.

Cuando eso ocurre, se transforman en esclavos de esa respuesta. Crean leyes que obliguen a todos a aceptar lo que ellos piensan ser la razón de la existencia. Construyen templos para justificarla y tribunales para juzgar a los que difieren de lo que ellos consideran ser la verdad absoluta.

Finalmente, existen aquellos que comprenden que la pregunta es una trampa: no tiene respuesta.

En vez de perder tiempo en la artimaña, deciden actuar. Vuelven a la infancia, buscan ahí lo que más les entusiasmaba y, a pesar del consejo de los más viejos, dedican su vida a eso.

Porque en el Entusiasmo está el Fuego Sagrado.

Poco a poco descubren que sus gestos están ligados a una intención misteriosa, más allá del conocimiento humano. E inclinan la cabeza en señal de respeto al misterio, y rezan para no desviarse de un camino que no conocen, pero que recorren a causa de la llama que incendia sus corazones.

Usan la intuición cuando es fácil conectarse con ella, y utilizan la disciplina cuando la intuición no se manifiesta.

Parecen locos. A veces, se comportan como locos. Pero no están locos. Descubrieron el verdadero Amor y el poder de la Voluntad.

Y sólo el Amor y la Voluntad revelan el objetivo y el rumbo que deben seguir.

La Voluntad es cristalina, el Amor es puro y los pasos son firmes. En los momentos de duda, en los momentos de tristeza, nunca olvidan: «Soy un instrumento. Permíteme ser un instrumento capaz de manifestar Tu Voluntad».

El camino es elegido, y tal vez sólo entiendan el objetivo cuando estén ante la Indeseada de la Gente. En eso reside la belleza de quien sigue adelante teniendo como único guía al Entusiasmo y respetando el misterio de la vida: su camino es bello, y su carga es ligera.

El objetivo puede ser grande o pequeño, estar muy lejos o al lado de la casa, pero él siempre va en su busca con respeto y honor. Sabe lo que cada paso significa y cuánto costó su esfuerzo, su entrenamiento, su intuición.

Se concentra no sólo en la meta que debe alcanzar,

sino en todo lo que ocurre a su alrededor. Muchas veces se ve obligado a parar, porque ya no tiene fuerzas.

En ese momento, el Amor aparece y dice: «Piensas que estás caminando en dirección a un punto, pero ese punto sólo justifica su existencia porque tú lo amas. Descansa un poco, pero en cuanto puedas levántate y sigue adelante. Porque desde que él sabe que tú vienes hacia él, también está corriendo para encontrarte».

———————

Quien olvida la pregunta, quien la responde o quien entiende que la acción es la única manera de enfrentarla, encontrará los mismos obstáculos y se alegrará con las mismas cosas.

Pero sólo aquel que acepta con humildad y coraje el impenetrable plan de Dios sabe que está en el camino correcto.

*Y una mujer ya entrada en años, y
que nunca encontró a un hombre para
casarse, comentó:*

*«El Amor jamás quiso conversar
conmigo».*

Y él respondió:

Para escuchar las palabras del Amor, es preciso dejar que él se aproxime.

Pero, cuando llega cerca, tememos lo que tiene que decirnos. Porque el Amor es libre y su voz no está gobernada por nuestra voluntad ni por nuestro esfuerzo.

Todos los amantes saben eso, pero no se conforman. Creen que pueden seducirlo con sumisión, poder, belleza, riqueza, lágrimas y sonrisas.

Pero el verdadero Amor es aquel que seduce y jamás se deja seducir.

El Amor transforma, el Amor cura. Pero a veces, construye trampas mortales y termina destruyendo a la persona que decidió entregarse por completo. ¿Cómo la fuerza que mueve al mundo y mantiene a las estrellas en su lugar puede ser tan constructiva y tan devastadora al mismo tiempo?

Nos acostumbramos a pensar que lo que damos es igual a lo que recibimos. Pero las personas que aman esperando ser amadas a cambio pierden su tiempo.

El Amor no es un intercambio, es un acto de fe.

Son las contradicciones las que hacen crecer al Amor. Son los conflictos los que permiten que el amor siga a nuestro lado.

La vida es demasiado corta para esconder en nuestro corazón las palabras importantes.

Como, por ejemplo, «Te amo».

Pero no esperes escuchar la misma frase de vuelta. Amamos porque necesitamos amar. Sin eso, la vida pierde todo sentido y el sol deja de brillar.

Una rosa sueña con la compañía de las abejas, pero ninguna aparece. El sol pregunta:

—¿No estás cansada de esperar?

—Sí —responde la rosa—. Pero si cierro mis pétalos, me marchito.

Por lo tanto, incluso cuando el Amor no aparece, continuamos abiertos a su presencia. En los momentos en que la soledad parece aplastarlo todo, la única forma de resistir es seguir amando.

El mayor objetivo de la vida es amar. El resto es silencio.

Necesitamos amar. Aunque eso nos lleve a la tierra donde los lagos están hechos de lágrimas. ¡Oh, lugar secreto y misterioso, la tierra de las lágrimas!

Las lágrimas hablan por sí mismas. Y cuando creemos que ya lloramos todo lo que debíamos llorar, siguen saliendo a borbotones. Y cuando pensamos que nuestra vida es sólo un largo caminar en el Valle del Dolor, las lágrimas de pronto desaparecen.

Porque logramos mantener el corazón abierto, a pesar del sufrimiento.

Porque descubrimos que quien partió no se llevó consigo el sol ni dejó en su lugar las tinieblas. Solo partió, y cada adiós trae oculta una esperanza.

Es mejor haber amado y perdido que jamás haber amado.

Nuestra única y verdadera elección es sumergirnos en el misterio de esta fuerza incontrolable. Aunque podamos decir: «Ya sufrí mucho y sé que eso no va a durar», y apartar al Amor del umbral de nuestra puerta, si lo hiciéramos estaríamos muertos para la vida.

Porque la naturaleza es la manifestación del Amor de Dios. A pesar de todo lo que hacemos, ella sigue amándonos. Por lo tanto, respetemos y entendamos lo que la naturaleza nos enseña.

Amamos porque el Amor nos libera. Y decimos las palabras que no teníamos el valor de susurrar ni a nosotros mismos.

Tomamos la decisión que estábamos dejando para después.

Aprendemos a decir «no», sin considerar esa palabra como algo maldito.

Aprendemos a decir «sí», sin temer las consecuencias.

Olvidamos todo lo que nos enseñaron con respecto al Amor, porque cada encuentro es diferente y trae consigo sus propias agonías y éxtasis.

Cantamos más alto cuando la persona amada está lejos y susurramos poemas cuando ella está cerca. Aunque ella no escuche o no le dé importancia a nuestros gritos y susurros.

No cerramos los ojos al Universo y reclamamos: «Está oscuro». Mantenemos los ojos bien abiertos, sabiendo que su luz puede llevarnos a hacer cosas imprevistas. Eso es parte del amor.

Nuestro corazón está abierto para el Amor, y lo entregamos sin miedo, porque ya no tenemos nada que perder.

Entonces descubrimos, al volver a casa, que alguien ya estaba ahí esperándonos, buscando lo mismo que buscábamos y sufriendo con las mismas angustias y ansiedades.

Porque el Amor es como el agua que se transforma en nube: es elevada a los cielos y puede ver todo de lejos, consciente de que un día tendrá que volver a la Tierra.

Porque el Amor es como la nube que se transforma en lluvia: es atraída por la tierra y fertiliza el campo.

Amor es apenas una palabra, hasta el momento en que decidimos dejar que nos posea con toda su fuerza.

Amor es apenas una palabra, hasta que alguien llega para darle un sentido.

No desistas. Generalmente es la última llave del llavero la que abre la puerta.

Pero un muchacho no estuvo de
acuerdo:

«Tus palabras son bellas, pero en
realidad no tenemos mucha elección.
La vida y nuestra comunidad ya
se encargaron de planear nuestro
destino».

Y un anciano completó diciendo:

«Yo no puedo ya mirar atrás y
recuperar los momentos perdidos».

Y él respondió:

Lo que voy a decir ahora puede no tener ninguna utilidad en la víspera de una invasión. Pero aun así, anoten y guarden mis palabras, para que un día todos puedan saber cómo vivíamos en Jerusalén.

Después de reflexionar un poco, Copta continuó:

Nadie puede mirar atrás, pero todos podemos seguir adelante.

Y mañana, cuando salga el sol, bastará sólo con repetirse a sí mismo:

Voy a mirar este día como si fuera el primero de mi vida.

Veré a las personas de mi familia con sorpresa y asombro, alegre por descubrir que están a mi lado, compartiendo en silencio algo llamado Amor, muy mencionado, poco entendido.

Pediré acompañar a la primera caravana que aparezca en el horizonte, sin preguntar hacia dónde está yendo. Y dejaré de seguirla cuando algo interesante me llame la atención.

Pasaré ante un mendigo que me pedirá una limosna. Quizás se la dé, quizás piense que se la gastará en bebida y siga adelante, escuchando sus insultos y entendiendo que ésa es su forma de comunicarse conmigo.

Pasaré ante alguien que está intentando destruir un puente. Quizás intente impedirlo, quizás entenderé que lo hace porque no tiene a nadie que le espere del otro lado, y de esa manera procura espantar su propia soledad.

Miraré a todo y a todos como si fuera la primera vez, principalmente las pequeñas cosas, a las cuales me habitué, olvidando la magia que las rodea. Las dunas del desierto, por ejemplo, que se mueven con una energía que no comprendo, porque no consigo percibir el viento.

En el pergamino que siempre cargo conmigo, en vez de anotar cosas que no puedo olvidar, escribiré un poema. Aunque jamás lo haya hecho y aunque nunca más lo vuelva a hacer, sabré que tuve el valor de poner mis sentimientos en palabras.

Cuando llegue a un poblado que ya conozca, entraré por un camino distinto. Estaré sonriendo, y los habitantes del lugar comentarán entre sí: «Está loco, porque la guerra y la destrucción volvieron la tierra estéril».

Pero yo seguiré sonriendo, porque me agrada la idea de que piensen que estoy loco. Mi sonrisa es mi forma de decir: «Pueden acabar con mi cuerpo, pero no pueden destruir mi alma».

Esta noche, antes de partir, me dedicaré a un montón de cosas que nunca tuve la paciencia de poner en orden. Y acabaré descubriendo que ahí está un poco de mi historia. Todas las cartas, todas las notas, recortes y recibos cobrarán vida propia y tendrán historias curiosas que contarme del pasado y del futuro. Tantas cosas en el mundo, tantos caminos recorridos, tantas entradas y salidas en mi vida.

Me voy a poner una camisa que suelo usar siempre y, por primera vez, prestaré atención a la forma en que fue cosida. Imaginaré las manos que terciaron el algodón y el río en donde nacieron las fibras de la planta. Entenderé que todas esas cosas, ahora invisibles, forman parte de la historia de mi camisa.

Y aun las cosas a las cuales estoy habituado, como los zapatos que se transformaron en una extensión de mis pies después de mucho usarlos, se revestirán del misterio del descubrimiento. Como camino en dirección al futuro, él me ayudará con las marcas que quedaron cada vez que tropecé en el pasado.

Que todo lo que toque mi mano, vean mis ojos y pruebe mi boca sea diferente, aun cuando siga igual. Así, todas las cosas dejarán de ser naturaleza muerta y me explicarán por qué han estado conmigo tanto tiempo, y manifestarán el milagro del rencuentro con emociones que ya habían sido desgastadas por la rutina.

Probaré el té que nunca bebí porque me dijeron que era malo. Pasaré por una calle que nunca pisé porque me dijeron que no tenía nada interesante. Y descubriré si quiero volver ahí.

Quiero mirar el sol por primera vez, si mañana hiciera sol.

Quiero mirar hacia dónde caminan las nubes, si el tiempo estuviera nublado. Siempre creo que no tengo tiempo para eso o no le presto la suficiente atención. Pues bien, mañana me concentraré en el camino de las nubes o en los rayos del sol y en las sombras que provocan.

Encima de mi cabeza existe un cielo con respecto al cual la humanidad entera, a lo largo de miles de años de observación, tejió una serie de explicaciones razonables.

Pues me olvidaré de todas las cosas que aprendí sobre las estrellas, y ellas se transformarán de nuevo en ángeles, o en niños, o en cualquier cosa en la que tenga ganas de creer en ese momento.

El tiempo y la vida me dieron muchas explicaciones lógicas para todo, pero mi alma se alimenta de misterios. Yo necesito el misterio, ver en el trueno la voz de un dios embravecido, aunque muchos consideren que eso es una herejía.

Quiero llenar de nuevo mi vida de fantasía, porque un dios embravecido es más curioso, aterrador e interesante que un fenómeno explicado por sabios.

Por primera vez sonreiré sin culpa, porque la alegría no es un pecado.

Por primera vez evitaré todo lo que me hace sufrir, porque el sufrimiento no es una virtud.

No me quejaré de la vida diciendo: «Todo es igual, no puedo hacer nada por cambiar». Porque estoy viviendo este día como si fuera el primero, y descubriré a lo largo de él cosas que jamás supe que estaban ahí.

Aunque ya haya pasado por los mismos lugares incontables veces, y dicho «Buenos días» a las mismas personas, hoy mis «Buenos días» serán diferentes. No serán palabras educadas, sino una manera de bendecir a los demás, deseando que todos comprendan la importancia de estar vivos, aun cuando la tragedia nos ronda y nos amenaza.

Prestaré atención a la letra de la música que el rapsoda canta en la calle, aunque las personas no lo estén escuchando porque tienen el alma sofocada por el miedo. La música dice: «El amor reina, pero nadie sabe dónde está su trono / para conocer el lugar secreto, primero tengo que someterme a él».

Y tendré el coraje de abrir la puerta del santuario que conduce hasta mi alma.

Que me mire a mí mismo como si fuera la primera vez que estuviera en contacto con mi cuerpo y con mi alma.

Que sea capaz de aceptarme como soy. Una persona que camina, que siente, que habla como cualquier otra, pero que, a pesar de sus faltas, tiene valor.

Que me admire de mis gestos más simples, como conversar con un desconocido. De mis emociones más frecuentes, como sentir la arena tocando mi rostro cuando sopla el viento que viene de Bagdad. De los momentos más tiernos, como contemplar a mi mujer durmiendo a mi lado e imaginar lo que está soñando.

Y si estuviera solo en la cama, llegaré hasta la ventana, miraré el cielo y tendré la certeza de que la soledad es una mentira: el Universo me acompaña.

Entonces habré vivido cada hora del día como una sorpresa constante para mí mismo. Este Yo que no fue creado ni por mi padre, ni por mi madre, ni por mi escuela, sino por todo aquello que he vivido hasta hoy, que olvidé de repente y que estoy descubriendo de nuevo.

Y aunque éste sea mi último día en la Tierra, aprovecharé al máximo todo lo que pueda, porque lo viviré con la inocencia de un niño, como si estuviera haciendo todo por primera vez.

Y la esposa de un comerciante pidió:

«Háblanos del sexo».

Y él respondió:

Hombres y mujeres murmuran entre sí porque transformaron un gesto sagrado en un acto pecaminoso.

Éste es el mundo en que vivimos. Y robar al presente de su realidad es peligroso. Pero la desobediencia puede ser una virtud cuando sabemos usarla.

Si sólo se unen los cuerpos, no existe el sexo, sólo el placer. El sexo va mucho más allá del placer.

En él caminan juntos la relajación y la tensión, el dolor y la alegría, la timidez y el coraje de ir más allá de los límites.

¿Cómo poner en sintonía tantos estados opuestos? Sólo existe una forma: por medio de la entrega.

Porque el acto de entrega significa: «Confío en ti».

No basta con imaginar todo lo que podría suceder

si nos permitiéramos unir no sólo nuestros cuerpos, sino también nuestras almas.

Sumerjámonos juntos, por lo tanto, en el peligroso camino de la entrega. Aunque peligroso, es el único que puede ser recorrido.

Y aunque eso provoque grandes transformaciones en nuestro mundo, no tenemos nada que perder, porque ganamos el Amor completo, abrimos la puerta que une al cuerpo con el espíritu.

Olvidemos lo que nos enseñaron: que es noble dar y humillante recibir.

Porque, para la mayoría de las personas, la generosidad consiste sólo en dar. Pero recibir es también un acto de amor, permitir que el otro nos haga felices y que eso también lo haga feliz.

———— ◆ ————

En el acto sexual, cuando somos excesivamente generosos y nuestra mayor preocupación es nuestra pareja, nuestro placer también puede disminuir, o ser destruido.

Cuando somos capaces de dar y recibir con la misma intensidad, el cuerpo se va poniendo tenso como la cuerda de un arco, pero la mente se va relajando, como la flecha que se prepara para ser disparada. El cerebro ya no gobierna el proceso; el instinto es el único guía.

Cuerpo y alma se encuentran, y la Energía Divina se esparce. No sólo en aquellas partes que muchos consideran eróticas. Cada hebra de cabello, cada pedazo de piel emana una luz de distinto color, haciendo que dos ríos se transformen en uno solo, más poderoso y más bello.

Todo lo que es espiritual se manifiesta de forma visible, todo lo que es visible se transforma en energía espiritual.

Todo está permitido, si todo es aceptado.

A veces, el Amor se cansa de hablar sólo en un lenguaje suave. Dejemos pues que se manifieste en todo su esplendor, quemando como el sol y destruyendo los bosques con su viento.

Si uno de los compañeros se entrega por completo, el otro hará lo mismo, ya que la vergüenza se transformará en curiosidad. Y la curiosidad nos lleva a explorar todo aquello que no conocíamos de nosotros mismos.

Procuren ver al sexo como una ofrenda. Un ritual de transformación. Como en todo ritual, el éxtasis está presente y glorifica el final, pero no es el único objetivo. Lo más importante fue recorrer con nuestra pareja la vía que nos llevó a un territorio desconocido, donde encontramos oro, incienso y mirra.

Den a lo sagrado el sentido de sagrado. Y si surgen momentos de duda, siempre es necesario recordar: no estamos solos en estos momentos, ambas partes sienten lo mismo.

Abran sin temor la caja secreta de sus fantasías. El coraje de uno estimulará la bravura del otro.

Y los verdaderos amantes podrán entrar en el jardín de la belleza sin temor a ser juzgados. Ya no serán dos cuerpos y dos almas que se encontraron, sino una única fuente de donde brota la verdadera agua de la vida.

Las estrellas contemplarán sus cuerpos desnudos, y los amantes no tendrán vergüenza. Los pájaros volarán cerca, y los amantes imitarán el ruido de las aves. Los animales salvajes se aproximarán con cautela, porque más salvaje es aquello que están viendo. Y bajarán la cabeza en señal de respeto y sumisión.

Y el tiempo dejará de existir. Porque en la tierra del placer que nace del amor verdadero, todo es infinito.

Y uno de los combatientes que se preparaba para morir al día siguiente, pero que aun así decidió acudir al atrio para escuchar lo que Copta tenía que decir, comentó:

«Fuimos separados cuando queríamos estar unidos. Las ciudades en la ruta de los invasores terminarán sufriendo las consecuencias de algo que no eligieron. ¿Qué deben decirles los sobrevivientes a sus hijos?»

Y él respondió:

Nacemos solos y solos moriremos. Pero, mientras estamos en este planeta, debemos aceptar y glorificar nuestro acto de fe en otras personas.

La comunidad es la vida: de ella viene nuestra capacidad de supervivencia. Así era cuando habitábamos en las cavernas y así continúa siendo hasta hoy.

Respeta a quienes crecieron y aprendieron junto a ti. Respeta a quienes te enseñaron. Cuando llegue el día, cuenta sus historias y enseña, así la comunidad puede seguir existiendo y las tradiciones permanecerán iguales.

Quien no comparta con los otros las alegrías y los momentos de desánimo jamás conocerá sus propias cualidades y defectos.

Mientras tanto, está siempre alerta al peligro que ronda la comunidad: las personas normalmente son atraídas por un comportamiento común. Tienen como modelo sus propias limitaciones, y están llenas de miedos y prejuicios.

Ése es un precio muy alto por pagar, porque para ser aceptado tendrás que agradar a todos.

Y eso no es una demostración de amor a la comunidad. Eso es una demostración de falta de amor por ti mismo.

Sólo es amado y respetado quien se ama y se respeta a sí mismo. Jamás procures agradar a todo el mundo, o perderás el respeto de todos.

Busca a tus aliados y amigos entre la gente que está convencida de lo que es y de lo que hace.

No digo: busca a quien piensa igual que tú. Digo: busca a quien piensa diferente y a quien nunca lograrás convencer de que tú tienes la razón.

Porque la amistad es una de las muchas caras del Amor, y el Amor no se deja llevar por las opiniones: acepta incondicionalmente al compañero, y cada quien crece a su manera.

La amistad es un acto de fe en otra persona, y no un acto de renuncia.

No trates de ser amado a cualquier precio, porque el Amor no tiene precio.

Tus amigos no son aquellos que atraen las miradas de

todos, que se deslumbran y afirman: «No existe nadie mejor, más generoso, más lleno de cualidades en toda Jerusalén».

Son aquellos que no pueden quedarse esperando a que las cosas sucedan para después decidir cuál es la mejor actitud por tomar: deciden a medida que actúan, aun sabiendo que eso puede ser muy arriesgado.

Son personas libres de cambiar de rumbo cuando la vida así lo exige. Exploran nuevos caminos, cuentan sus aventuras y con eso enriquecen la ciudad y la aldea.

Si fueron por un camino peligroso y equivocado, jamás te dirán: «No lo hagas».

Sólo dirán: «Lo que sigue es un camino peligroso y equivocado».

Porque respetan tu libertad, de la misma forma que tú los respetas.

Evita a toda costa a quienes sólo están a tu lado en los momentos de tristeza, con palabras de consuelo. Porque ellos en verdad se están diciendo a sí mismos: «Yo soy más fuerte. Yo soy más sabio. Yo no habría dado ese paso».

Y quédate con quienes están a tu lado en las horas de alegría. Porque en esas almas no existen los celos ni la envidia, sólo la felicidad de verte feliz.

Evita a quienes se consideran más fuertes. Porque en realidad están escondiendo su propia fragilidad.

Permanece con quienes no temen ser vulnerables. Porque ésos tienen confianza en sí mismos, saben que todos tropezamos en algún momento, y no interpretan esto como una señal de flaqueza, sino de humanidad.

Evita a quienes hablan mucho antes de actuar, a quienes jamás dieron un paso sin tener la certeza de que serían respetados por eso.

Quédate con quien jamás te dice, cuando te equivocas: «Yo habría hecho las cosas de otra manera». Porque, si no lo hicieron, entonces no están en condiciones de juzgar.

Evita a los que buscan amigos para mantener una condición social o para abrir puertas a las que nunca lograron acercarse.

Júntate con aquellos que la única puerta importante que están intentando abrir es la de su corazón. Y que jamás invadirán tu alma sin tu consentimiento, y que jamás usarán esa puerta abierta para disparar una flecha mortal.

La amistad tiene las cualidades de un río: rodea las rocas, se adapta a los valles y montañas, a veces se transforma en lago hasta que la depresión se llene y pueda continuar su camino.

Porque así como el río no olvida que su objetivo es el mar, la amistad no olvida que su única razón de existir es mostrar amor por los demás.

Evita a quienes dicen: «Se acabó, necesito parar

entienden que ni la vida ni la

lo etapas de la eternidad.

enes dicen: «Aunque todo esté

elante». Porque saben que siem-

llá de los horizontes conocidos.

cúnen para discutir con seriedad

es que la comunidad necesita to-

olítica, brillan delante de los otros

biduría. Pero no entienden que es

ída de una sola hebra de cabello.

importante, debe dejar las puer-

la intuición y a lo inesperado.

cantan, cuentan historias, disfru-

ría en los ojos. Porque la alegría es

ra descubrir una solución donde la

explicación para el error.

dejan que la luz del Amor se ma-

s, sin juicios ni sentencias, sin re-

ás bloqueada por el miedo a ser

te estés sintiendo, todas las maña-

te para emitir tu luz.

iegos verán su brillo y se sentirán

Y una joven que rara vez salía de casa,
porque pensaba que nadie se interesaba
en ella, dijo:

«Enséñanos la elegancia».

La plaza entera murmuró:

«¿Cómo hace una pregunta así en
la víspera de la invasión de los
cruzados, cuando la sangre correrá
por todas las calles de la ciudad?»
Pero Copta sonrió; y su sonrisa no
era de escarnio, sino de respeto por el
valor de la muchacha».

Y él respondió:

La elegancia normalmente se confunde con superficialidad y apariencia. Nada más errado que eso. Algunas palabras son elegantes, otras logran herir y destruir, pero todas se escriben con las mismas letras. Las flores son elegantes, aunque estén escondidas entre las hierbas del campo. La gacela que corre es elegante, aunque esté huyendo del león.

La elegancia no es una cualidad exterior, sino una parte del alma que es visible para los demás.

E incluso en las pasiones más turbulentas, la elegancia no permite que se rompan los verdaderos lazos de unión entre dos personas.

Ella no está en la ropa que usamos, sino en la forma en que las usamos.

Ella no está en la manera en que empuñamos la espada, sino en el diálogo que puede evitar una guerra.

———————

La elegancia se alcanza cuando todo lo superfluo es descartado y descubrimos la simplicidad y la concentración: mientras más simple y más sobria la postura, más bella será.

¿Y qué es la simplicidad? Es el encuentro con los verdaderos valores de la vida.

La nieve es bonita porque tiene un solo color.

El mar es bonito porque parece una superficie plana.

El desierto es bello porque parece sólo un campo de arena y rocas.

Pero, cuando nos aproximamos a cada uno de ellos, descubrimos qué tan profundos e íntegros son, y cómo conocen sus cualidades.

Las cosas más simples de la vida son las más extraordinarias. Deja que se manifiesten.

Mira los lirios del campo: no adornan ni proporcionan fibras. Y, sin embargo, ni Salomón, en toda su gloria, se vistió como ellos.

Mientras más se aproxima el corazón a la simplicidad, tanto más es capaz de amar sin restricciones y sin miedo. Cuanto menos miedo tiene el alma, tanto más capaz es de demostrar elegancia en cada pequeño gesto.

La elegancia no es una cuestión de gusto. Cada cultura tiene una forma de ver la belleza, que muchas veces es completamente distinta a la nuestra.

Pero en todas las tribus, en todos los pueblos, hay valores que demuestran elegancia: hospitalidad, respeto, delicadeza en los gestos.

La arrogancia atrae el odio y la envidia. La elegancia despierta el respeto y el Amor.

La arrogancia nos hace humillar al semejante. La elegancia nos enseña a caminar por la luz.

La arrogancia complica las palabras, porque juzga que la inteligencia es sólo para algunos elegidos. La elegancia transforma pensamientos complejos en algo que todos puedan entender.

Todo hombre camina con elegancia y transmite luz a su vez cuando está recorriendo el camino que eligió.

Sus pasos son firmes, su mirada es precisa, su movimiento es bello. Y aun en los momentos más difíciles, sus adversarios no logran distinguir señales de flaqueza, porque la elegancia lo protege.

La elegancia es aceptada y admirada porque no hace ningún esfuerzo para serlo.

Sólo el Amor da forma a lo que antes era imposible de ser siquiera soñado.

Y únicamente la elegancia permite que esa forma pueda manifestarse.

Y un hombre que se levantaba
temprano para apacentar sus rebaños
en torno a la ciudad, comentó:

«El griego estudió para decir cosas
 bellas, mientras que nosotros tenemos
 que mantener a nuestras familias».

Y él respondió:

Las palabras bellas son dichas por los poetas. Y un día alguien escribirá:

Me dormí y creí que la vida era sólo Alegría.
Desperté y descubrí que la vida era Deber.
Cumplí con mi Deber y descubrí que la vida
era Alegría.

El trabajo es la manifestación del Amor que une a los seres humanos. A través de él descubrimos que no somos capaces de vivir sin el otro, y que el otro también necesita de nosotros.

Hay dos tipos de trabajo.

El primero es el que se realiza sólo por obligación y para ganar el pan de cada día. En este caso, las personas están apenas vendiendo su tiempo, sin entender que jamás podrán comprarlo de vuelta.

Pasan la existencia entera soñando con el día en que finalmente podrán descansar. Cuando ese día llega, ya están demasiado viejas para disfrutar todo lo que la vida les puede ofrecer.

Esas personas jamás asumen la responsabilidad por sus actos. Dicen: «No tengo elección».

———

Pero existe un segundo tipo de trabajo.

Es el que las personas también aceptan para ganar el pan de cada día, pero en el cual procuran ocupar cada minuto con dedicación y amor por los demás.

A ese segundo trabajo lo llamamos Ofrenda. Porque podemos tener a dos personas cocinando la misma comida y utilizando exactamente los mismos ingredientes; pero una de ellas puso Amor en lo que hacía, mientras que la otra sólo buscaba alimentarse. El resultado será completamente diferente, aunque el Amor no pueda ser visto ni puesto en una balanza.

La persona que hace la Ofrenda siempre se ve recompensada. Mientras más comparte su afecto, más se multiplica éste.

Cuando la Energía Divina puso al Universo en movimiento, todos los astros y estrellas, todos los mares y bosques, todos los valles y montañas recibieron la oportunidad de participar en la Creación. Y lo mismo sucedió con todos los hombres.

Algunos dijeron: «No queremos. No podremos corregir lo que está equivocado o castigar la injusticia».

Otros dijeron: «Con el sudor de mi frente irrigaré el campo, y ésa será mi forma de loar al Creador».

Pero vino el demonio y susurró con su voz de miel: «Tendrás que cargar esa roca hasta la cima del monte cada día, y cuando llegues allá, ella volverá a rodar hasta abajo».

Y todos los que creían en el demonio dijeron: «La vida no tiene otro sentido más allá de repetir la misma tarea».

Y los que no creían en el demonio respondieron: «Pues entonces amaré la piedra que debo cargar hasta la cima de la montaña. Así, cada minuto a su lado será un minuto cerca de lo que amo».

La Ofrenda es la oración sin palabras. Y, como toda oración, exige disciplina, pero la disciplina no es una esclavitud, es una elección.

De nada sirve decir: «La suerte fue injusta conmigo.

Mientras algunos recorren el camino de su sueño, yo estoy aquí haciendo mi trabajo y ganando mi sustento».

La suerte no es injusta con nadie. Todos somos libres de amar o detestar lo que hacemos.

Cuando amamos, encontramos en nuestra actividad diaria la misma alegría de quienes un día partieron en busca de sus sueños.

Nadie puede saber la importancia y la grandeza de lo que hace. En eso reside el misterio y la belleza de la Ofrenda: es la misión que nos fue confiada, y debemos confiar en ella.

El labrador puede sembrar, pero no puede decirle al sol: «Brilla más fuerte esta mañana». No puede decirle a las nubes: «Hagan llover hoy en la tarde». Él tiene que hacer lo que sea necesario, arar el campo, poner las semillas y aprender el don de la paciencia por medio de la contemplación.

Tendrá momentos de desesperación, cuando vea su cosecha perdida y piense que su trabajo fue en vano. También quien partió en busca de sus sueños pasa por momentos en los que se arrepiente de su elección, y todo lo que quiere es volver a encontrar un trabajo que le permita vivir.

Pero al día siguiente, el corazón de cada trabajador o

de cada aventurero sentirá más euforia y confianza. Ambos verán los frutos de la Ofrenda, y se alegrarán por ellos.

Porque ambos están cantando la misma canción: la canción de la alegría en la tarea que les fue confiada.

El poeta moriría de hambre si no existiera el pastor. El pastor moriría de tristeza si no pudiera cantar los versos del poeta.

A través de la Ofrenda, estás permitiendo que los demás puedan amarte.

Y estás aprendiendo a amar a los demás a través de lo que ellos te ofrecen.

---

*Y el mismo hombre que había
preguntado sobre el trabajo, insistió:*

*«¿Y por qué algunas personas son
más exitosas que otras?»*

Y él respondió:

El éxito no proviene del reconocimiento ajeno. Es el resultado de lo que sembraste con amor.

Cuando llega la hora de cosechar, te puedes decir a ti mismo: «Lo logré».

Lograste que tu trabajo fuera respetado, porque no fue realizado sólo para sobrevivir, sino para demostrar tu amor por los demás.

Lograste terminar lo que comenzaste, a pesar de que no habías previsto las trampas del camino. Y cuando el entusiasmo disminuyó a causa de las dificultades, echaste mano de la disciplina. Y cuando la disciplina parecía desaparecer a causa del cansancio, usaste tus momentos de descanso para pensar en los pasos que debías dar en el futuro.

No te dejaste paralizar por las derrotas que están presentes en la vida de todos aquellos que arriesgan algo. No te quedaste pensando en lo que perdiste cuando tuviste una idea que no funcionó.

No te detuviste en los momentos de gloria. Porque el objetivo todavía no había sido alcanzado.

Y cuando entendiste que era necesario pedir ayuda, no te sentiste humillado. Y cuando supiste que alguien precisaba ser ayudado, le mostraste todo lo que habías aprendido, sin pensar que estabas revelando secretos, o siendo usado por los demás.

Porque la puerta se abre para quien la toca.

Quien pide sabe que recibirá.

Quien consuela sabe que será consolado.

Aun cuando todo eso no ocurra cuando lo esperas, tarde o temprano será posible ver los frutos de aquello que compartiste con generosidad.

El éxito llega para quienes no pierden tiempo comparando lo que hacen con lo que otros están haciendo, sino que entran en la casa de quien dice todos los días: «Daré lo mejor de mí».

Las personas que sólo buscan el éxito casi nunca lo encontrarán, porque éste no es un fin en sí, sino una consecuencia.

Una obsesión no ayuda en nada, confunde los caminos y termina por quitar el placer de vivir.

No todo el que tiene una pila de oro del tamaño de la colina que vemos al sur de la ciudad es rico. Rico es aquel que está en contacto con la energía del Amor a cada segundo de su existencia.

Es preciso tener un objetivo en mente. Pero, a medida que se va progresando, nada cuesta parar de vez en cuando y disfrutar un poco del panorama que nos rodea. Con cada metro conquistado, puedes ver un poco más lejos y aprovechar para descubrir cosas que todavía no habías percibido.

En esos momentos, es importante reflexionar: «¿Mis valores están intactos? ¿Estoy procurando agradar a los demás y hacer lo que esperan de mí, o estoy realmente convencido de que mi trabajo es la manifestación de mi alma y de mi entusiasmo? ¿Quiero conseguir el éxito a cualquier precio, o quiero ser una persona exitosa porque logro llenar mis días con Amor?»

Pues ésta es la manifestación del éxito: enriquecer la vida, y no abarrotar tus cofres de oro.

Porque un hombre puede decir: «Emplearé mi dinero para sembrar, cosechar, plantar y llenar mi granero con el fruto de la cosecha, para que nada me falte». Pero la Indeseada de la Gente aparece, y todo su esfuerzo habrá sido inútil.

Quien tenga oídos que oiga.

No trates de cortar camino, sino de recorrerlo de tal manera que la acción haga más sólido el terreno y más hermoso el paisaje.

No intentes ser el Señor del Tiempo. Si cosechas antes los frutos que sembraste, estarán verdes y no podrán dar placer a nadie. Si, por miedo o inseguridad, decides posponer el momento de hacer la Ofrenda, los frutos estarán podridos.

Por lo tanto, respeta el tiempo entre la siembra y la cosecha.

Y después aguarda el milagro de la transformación.

Mientras el trigo está en el horno, no puede ser llamado pan.

Mientras las palabras están presas en la garganta, no pueden ser llamadas poema.

Mientras los hilos no están unidos por las manos de quien los trabaja, no pueden ser llamados tejido.

———

Cuando llegue el momento de mostrar tu Ofrenda a los demás, todos quedarán admirados y se dirán unos a otros: «He ahí un hombre de éxito, porque todos desean los frutos de su trabajo».

Nadie preguntará cuánto costó conseguirlos. Porque

quien trabajó con amor hace que la belleza de lo que realizó sea tan intensa que ni siquiera puede ser percibida con los ojos. Así como el acróbata vuela por el espacio sin demostrar ninguna tensión, el éxito, cuando llega, parece la cosa más natural del mundo.

Mientras tanto, si alguien se atreviera a preguntar, la respuesta sería: pensé en desistir, pensé que Dios ya no me escuchaba, muchas veces tuve que cambiar de rumbo y, en otras ocasiones, abandoné mi camino. Pero, a pesar de todo, volví y seguí adelante, porque estaba convencido de que no había otra forma de vivir mi vida.

Aprendí qué puentes debía cruzar y qué puentes debía destruir para siempre.

———

Yo soy el poeta, el agricultor, el artista, el soldado, el padre, el comerciante, el vendedor, el profesor, el político, el sabio y el que sólo cuida de la casa y de los hijos.

Veo que existen muchas personas más célebres que yo y, en muchos casos, esa celebridad es merecida. En otros casos, es apenas una manifestación de vanidad o ambición, y no resistirá el paso del tiempo.

¿Qué es el éxito?

Es poder irte a la cama cada noche con el alma en paz.

*Y Almira, que todavía creía que
una fuerza de ángeles y arcángeles
descendería de los cielos para proteger
la ciudad sagrada, pidió:*

«Háblanos del milagro».

Y él respondió:

¿Qué es un milagro?

Podemos definirlo de varias maneras: algo que va en contra de las leyes de la naturaleza, intercesión en momentos de crisis profunda, curas y visiones, encuentros imposibles, intervención en el momento de enfrentar a la Indeseada de la Gente.

Todas esas definiciones son verdaderas. Pero el milagro va más allá: es aquello que de repente llena de Amor nuestros corazones. Cuando eso sucede, sentimos una profunda reverencia por la gracia que Dios nos ha concedido.

Por lo tanto, Señor, danos hoy el milagro nuestro de cada día. Aun cuando no seamos capaces de notarlo, porque nuestra mente parece estar concentrada en grandes hechos y conquistas. Aun cuando estemos demasiado ocupados en nuestro día a día para saber cuánto fue alterado por él nuestro camino.

Que cuando estemos solos y deprimidos tengamos los ojos abiertos a la vida que nos rodea: la flor naciendo, las estrellas moviéndose en los cielos, el canto distante del pájaro o la voz cercana del niño.

Que podamos entender que existen ciertas cosas tan importantes que es necesario descubrirlas sin ayuda de nadie. Y que en ese momento no nos sintamos desamparados: estamos siendo acompañados por Ti y estás listo a interferir si nuestro pie se aproxima peligrosamente al abismo.

Que podamos seguir adelante a pesar de todo el miedo, y aceptar lo inexplicable a pesar de nuestra necesidad de explicar y conocerlo todo.

Que comprendamos que la fuerza del Amor reside en sus contradicciones. Y que el Amor se preserva porque cambia, y no porque permanece estable y sin desafíos.

Y que cada vez que veamos al humilde ser exaltado y al arrogante ser humillado, podamos también ver el milagro ahí.

Que cuando nuestras piernas estén cansadas podamos caminar con la fuerza que existe en nuestro corazón. Que cuando nuestro corazón esté cansado, incluso así podamos seguir adelante con la fuerza de la Fe.

Que podamos ver en cada grano de arena del desierto la manifestación del milagro de la diferencia, y eso nos dará valor para aceptarnos como somos. Porque, así como no existen dos granos de arena iguales en todo el mundo, tampoco existen dos seres humanos que piensen y actúen de la misma manera.

Que podamos tener humildad a la hora de recibir y alegría en el momento de dar.

Que podamos entender que la sabiduría no está en las respuestas que recibimos, sino en el misterio de las preguntas que enriquecen nuestra vida.

Que jamás estemos presos de las cosas que pensamos conocer, porque en realidad poco sabemos del Destino. Pero que eso nos lleve a actuar de forma impecable, utilizando las cuatro virtudes que deben ser conservadas: Osadía, Elegancia, Amor y Amistad.

Señor, danos hoy el milagro nuestro de cada día.

Así como varios caminos llevan a la cima de la montaña, existen muchos caminos para que podamos alcanzar nuestro objetivo. Que podamos reconocer el único que merece ser recorrido: aquel donde el Amor se manifiesta.

Que antes de despertar el amor en los demás, podamos

despertar el Amor que duerme dentro de nosotros mismos. Sólo así podremos atraer el afecto, el entusiasmo, el respeto.

Que sepamos distinguir entre las luchas que son nuestras, las luchas a las que estamos siendo empujados contra nuestra voluntad, y las luchas que no podemos evitar porque el destino las puso en nuestro camino.

Que nuestros ojos se abran y podamos ver que nunca vivimos dos días iguales. Cada uno trae un milagro diferente, que hace que continuemos respirando, soñando y caminando bajo el sol.

Que nuestros oídos también se abran para escuchar las palabras verdaderas que surgen de repente de la boca de nuestros semejantes, aunque no hayamos pedido ningún consejo y ninguno de ellos sepa lo que pasa en nuestra alma en ese momento.

Y que, cuando abramos la boca, podamos no sólo hablar la lengua de los hombres, sino también la lengua de los ángeles, y decir: «Los milagros no son cosas que ocurren contra las leyes de la naturaleza; nosotros pensamos así porque en realidad no conocemos las leyes de la naturaleza».

Y que, en el momento en que logremos eso, podamos entonces inclinar la cabeza en señal de respeto, diciendo: «Yo estaba ciego y pude ver. Estaba mudo y pude hablar. Estaba sordo y pude oír. Porque las maravillas de Dios se operan dentro de mí, y todo lo que yo creía perdido regresó».

———

Porque es así como operan los milagros.

Ellos rasgan los velos y lo cambian todo, pero no nos dejan vislumbrar lo que existe más allá de los velos.

Ellos nos hacen escapar ilesos del valle de las sombras y de la muerte, pero no nos dicen por cuál camino nos conducirán hasta las montañas de la luz y la alegría.

Ellos abren puertas que estaban cerradas con candados imposibles de romper, pero no usan ninguna llave.

Ellos rodean a los soles con planetas para que no se sientan aislados en el Universo, e impiden que los planetas se aproximen demasiado para que no sean devorados por los soles.

Ellos transforman el trigo en pan a través del trabajo, la uva en vino a través de la paciencia, y la muerte en vida a través de la resurrección de los sueños.

Por lo tanto, Señor, danos hoy el milagro nuestro de cada día.

Y perdónanos si no siempre somos capaces de reconocerlo.

Y un hombre que escuchaba los cantos de guerra que provenían del otro lado de las murallas, y que temía por él y por su familia, pidió:

«Háblanos de la ansiedad».

Y él respondió:

No hay nada malo en la ansiedad.

Aunque no podamos controlar el tiempo de Dios, es parte de la condición humana desear recibir lo que se espera lo más rápido posible.

O apartar inmediatamente lo que nos causa pavor.

Eso ocurre desde nuestra infancia hasta el momento en que nos volvemos indiferentes a la vida. Porque, mientras estemos intensamente conectados con el momento presente, estaremos siempre esperando ansiosamente a alguien o algo.

¿Cómo decir a un corazón enamorado que se quede quieto, contemplando los milagros de la Creación en silencio, libre de las tensiones, de los miedos, de las preguntas sin respuesta?

La ansiedad forma parte del amor, y no debe ser culpada por eso.

¿Cómo decir a alguien que invirtió su vida y sus bienes en un sueño y no logra ver los resultados, que no se preocupe? Aunque el agricultor no pueda acelerar la marcha de las estaciones para recoger los frutos de lo que sembró, espera impaciente la llegada del otoño y de la cosecha.

¿Cómo pedir a un guerrero que no esté ansioso antes de un combate?

Él se entrenó exhaustivamente para ese momento, dio lo mejor de sí, considera que está preparado, pero teme que los resultados estén más allá de todo el esfuerzo que realizó.

Por lo tanto, la ansiedad nace con el hombre. Y como jamás podremos dominarla, tenemos que aprender a convivir con ella, así como el hombre aprendió a convivir con las tempestades.

Mientras tanto, para quienes no logran aprender esa convivencia, la vida está destinada a ser una pesadilla.

Lo que deberían agradecer, todas las horas que completan un día, se transforma en maldición. Quieren que el tiempo pase más rápido, sin entender bien que eso también los está llevando más rápido al encuentro con la Indeseada de la Gente.

Y lo que es peor: para intentar apartar la ansiedad, buscan cosas que los dejan todavía más ansiosos.

Mientras espera que el hijo vuelva a casa, la madre comienza a imaginar lo peor.

«Mi amada es mía y yo soy de ella. Cuando partió, la busqué por las calles de la ciudad y no la encontré.» Y a cada esquina que paso, y a cada persona que pregunto y no obtengo noticias, dejo que la ansiedad normal del amor se transforme en desesperación.

El trabajador, mientras aguarda el fruto de su trabajo, procura ocuparse en otras tareas, y cada una de ellas le traerá más momentos de espera. Poco tiempo después, la ansiedad de uno se transforma en la ansiedad de muchos, y ya no lograr contemplar el cielo, ni las estrellas, ni a los niños jugando.

Y tanto la madre como el enamorado, como el trabajador, dejan de vivir sus vidas y se dedican sólo a esperar lo peor, a escuchar los rumores, a reclamar que el día no termina nunca. Se vuelven agresivos con los amigos, con la familia, con los empleados. Se alimentan mal, comiendo mucho o no logrando ingerir nada. Y de noche ponen la cabeza en la almohada, pero no pueden dormir.

Entonces la ansiedad teje un velo en donde ya no es posible ver nada con los ojos del cuerpo, sólo con los ojos del alma.

Y los ojos del alma están turbios porque no descansan.

En ese momento se instala uno de los peores enemigos del ser humano: la obsesión.

La obsesión llega y dice:

«A partir de ahora, tu destino me pertenece. Haré que busques cosas que no existen.

»Tu alegría de vivir me pertenece también. Porque tu corazón ya no tendrá paz, porque estoy expulsando al entusiasmo y ocupando su lugar.

»Dejaré que el miedo se esparza por el mundo, y tú siempre estarás aterrorizado, sin saber por qué. No necesitas saberlo: lo que necesitas es seguir aterrorizado, y así alimentar el miedo cada vez más.

»Tu trabajo, que antes era una Ofrenda, está ahora poseído por mí. Los demás dirán que tú eres un ejemplo, porque te esfuerzas más allá del límite, y tú sonreirás a tu vez y agradecerás el cumplido.

»Pero, en tu corazón, yo estaré diciéndote que todo tu trabajo es ahora mío, y servirá para apartarte de todo y de todos: de tus amigos, de tus hijos, de ti mismo.

»Trabaja más, para que no puedas pensar. Trabaja más de la cuenta, para que dejes de vivir por completo.

»Tu Amor, que antes era la manifestación de la Energía Divina, también me pertenece. Y esa persona a la que amas no se podrá apartar un momento siquiera, porque yo estoy en tu alma diciendo: 'Cuidado, puede irse y no volver'.

»Tu hijo, que antes debería seguir su propio camino en el mundo, ahora pasará a ser mío. Así, haré que lo rodees de cuidados innecesarios, que mates su gusto por la aventura y por el riesgo, que lo hagas sufrir cada vez que él te desagrade o te provoque sentimientos de culpa porque no correspondió a todo lo que tú esperabas de él.»

Por lo tanto, aunque la ansiedad sea parte de la vida, nunca dejes que ella controle tus movimientos.

Si se acercara demasiado, dile: «No me preocupa el día de mañana, porque Dios ya está ahí, esperándome».

Si intentara convencerte de ocuparte de muchas cosas y tener una vida productiva, di: «Debo mirar las estrellas para tener inspiración y poder hacer bien mi trabajo».

Si te amenazara con el fantasma del hambre, di: «No

sólo de pan vive el hombre, sino también de la palabra que viene del Cielo».

Si te dijera que tal vez tu amor no regrese, di: «Mi amada es mía, y yo soy de ella. En este momento, ella está apacentando los rebaños entre los ríos, y yo puedo escuchar su canto, incluso a la distancia. Cuando vuelva a mi lado, estará cansada y feliz, y yo le daré de comer y velaré su sueño».

Si te dijera que tu hijo no respeta el amor que se le ha dado, responde: «El exceso de cuidado destruye el alma y el corazón, porque vivir es un acto de coraje. Y un acto de coraje es siempre un acto de amor».

Así podrás mantener a distancia a la ansiedad.

Ella no desaparecerá nunca. Pero la gran sabiduría de la vida es entender que podemos ser los amos de las cosas que pretendían esclavizarnos.

———

Y un joven pidió:

«Háblanos de lo que nos reserva
el futuro».

———

Y él respondió:

Todos sabemos lo que nos espera en el futuro: la Indeseada de la Gente, que puede llegar a cualquier hora, sin aviso, y decir: «Vamos, debes acompañarme».

Y por más que no tengamos ganas, tampoco tenemos elección. En ese momento, nuestra mayor alegría, o nuestra mayor tristeza, será mirar al pasado.

Y responder a la pregunta: «¿Amé lo suficiente?»

Ama. No estoy hablando sólo del amor por otra persona. Amar significa estar disponible para los milagros, para las victorias y derrotas, para todo lo que ocurre durante cada día que nos fue concedido caminar sobre la faz de la Tierra.

Nuestra alma está gobernada por cuatro fuerzas invisibles: amor, muerte, poder y tiempo.

Es necesario amar, porque somos amados por Dios.

Es necesario tener conciencia de la Indeseada de la Gente, para entender bien la vida.

Es necesario luchar para crecer, pero sin caer en la trampa del poder que con eso conseguimos, porque sabemos que no vale nada.

Finalmente, es necesario aceptar que nuestra alma, aunque sea eterna, en este momento está presa en la tela del tiempo, con sus oportunidades y limitaciones.

Nuestro sueño, el deseo que reposa en nuestra alma, no surgió de la nada. Alguien lo puso ahí. Y ese Alguien, que es puro amor y que sólo quiere nuestra felicidad, lo hizo así porque nos dio, junto con el deseo, las herramientas para realizarlo.

Al atravesar un periodo difícil, recuerda: aunque hayas perdido grandes batallas, sobreviviste y estás aquí.

Eso es una victoria. Demuestra tu alegría, celebrando tu capacidad para seguir adelante.

Derrama generosamente tu amor por los campos y pastizales, por las calles de las grandes ciudades y por las dunas del desierto.

Muestra que te importan los pobres, porque ellos están ahí para que puedas manifestar la virtud de la caridad.

Y que también te importan los ricos, que desconfían

de todo y de todos, mantienen sus graneros abarrotados y sus cofres llenos, pero a pesar de todo eso no logran apartar la soledad.

Jamás pierdas una oportunidad de demostrar tu amor. Sobre todo a quienes están cerca, porque es con ellos con quienes somos más cautelosos, por miedo a ser lastimados.

Ama. Porque tú serás el primero que se beneficiará con ello; a su vez, el mundo te recompensará, aun cuando en un primer momento te digas a ti mismo: «Ellos no logran entender mi amor».

El Amor no necesita ser entendido. Sólo necesita ser demostrado.

Por lo tanto, lo que te reserva el futuro depende enteramente de tu capacidad de amar.

Y para eso debes tener absoluta y completa confianza en lo que estás haciendo. No permitas que otros digan: «Ese camino es mejor» o «Este trayecto es más fácil».

El mayor don que Dios nos dio fue el poder de tomar nuestras propias decisiones.

Todos escuchamos desde niños que aquello que deseamos vivir es imposible. A medida que acumulamos años, acumulamos también las arenas de los prejuicios, miedos, culpas.

Líbrate de eso. No mañana, ni hoy en la noche, sino en este momento.

Ya lo dije aquí: muchos de nosotros pensamos que estamos hiriendo a las personas que amamos cuando dejamos todo atrás en aras de los sueños.

Pero quienes realmente nos desean el bien nos están animando para vernos felices, aun cuando no comprendan lo que estamos haciendo, y aun cuando, en un primer momento, intenten impedirnos seguir adelante con amenazas, promesas o lágrimas.

La aventura de los días que vendrán debe estar llena de romanticismo, porque el mundo necesita de eso; por lo tanto, cuando estés montado en tu caballo, siente el viento en tu rostro y alégrate con la sensación de libertad.

Pero no olvides que tienes un largo viaje por delante. Si te entregas demasiado al romanticismo, puedes caer. Si no paras para que ambos descansen, el caballo podría morir de sed o de cansancio.

Escucha al viento, pero no te olvides del caballo.

Y justamente en el momento en que todo esté dando resultado y cuando tu sueño esté casi al alcance de las manos, es preciso estar más atento que nunca. Porque, cuando estés a punto de conseguirlo, sentirás una inmensa culpa.

Verás que estás a punto de llegar adonde muchos otros no lograron poner los pies, y pensarás que no mereces lo que la vida te está entregando.

Olvidarás todo lo que superaste, todo lo que sufriste, todo aquello a lo que tuviste que renunciar. Y, a causa de la culpa, podrías destruir inconscientemente lo que tanto te costó construir.

Éste es el más peligroso de los obstáculos, porque trae en sí una cierta aura de santidad: renunciar a la conquista.

Pero, si el hombre entiende que es digno de aquello por lo cual tanto luchó, entonces se dará cuenta de que en realidad no llegó ahí solo. Y debe respetar la Mano que lo condujo.

Sólo entiende la propia dignidad quien fue capaz de honrar cada uno de sus pasos.

Y uno de aquellos que sabía escribir y procuraba frenéticamente anotar cada palabra que Copta decía, se detuvo para descansar y vio que estaba en una especie de trance. La plaza, los rostros cansados, los religiosos que escuchaban en silencio: todo aquello parecía parte de un sueño.

Y, queriendo demostrarse a sí mismo que lo que estaba viviendo era real, pidió:

«Háblanos de la lealtad».

Y él respondió:

La lealtad puede ser comparada con una tienda de exquisitos vasos de porcelana, cuya llave nos confió el Amor.

Cada uno de esos vasos es bello porque es diferente. De la misma forma en que son diferentes entre sí los hombres, las gotas de lluvia o las rocas que duermen en las montañas.

A veces, a causa del tiempo o de un defecto inesperado, un anaquel se desprende y cae. Y el dueño de la tienda se dice a sí mismo: «Invertí mi tiempo y mi amor durante todos estos años en esa colección, pero los vasos me traicionaron y se hicieron pedazos».

El hombre vende su tienda y se marcha. Se vuelve amargado y solitario, pensando que nunca más podrá confiar en alguien.

Es verdad que existen vasos que se quiebran: el pacto

de lealtad fue destruido. En ese caso, es mejor barrer los pedazos y tirarlos a la basura, porque lo que se rompe jamás volverá a ser como era.

Pero otras veces el anaquel se suelta a causa de cosas que están más allá de los designios humanos: puede ser un terremoto, una invasión enemiga, un descuido de quien entró en la tienda sin mirar bien para los lados.

Los hombres y las mujeres se culpan unos a otros por el desastre. Dicen: «Alguien tendría que haber visto que esto iba a pasar». O bien: «Si yo fuera el responsable, esos problemas se habrían evitado».

Nada más falso. Todos estamos presos en las arenas del tiempo, y no tenemos ningún control sobre eso.

El tiempo pasa, y ese anaquel que se rompió es reparado.

Otros vasos que luchaban por encontrar su lugar en el mundo son puestos ahí. El nuevo dueño de la tienda, entendiendo que todo es pasajero, sonríe y se dice a sí mismo: «La tragedia me dio una oportunidad y procuraré aprovecharla. Descubriré obras de arte que nunca pensé que existieran».

La belleza de una tienda de vasos de porcelana está en el hecho de que cada pieza es única. Pero, cuando son colocadas una junto a otra, muestran armonía y juntas reflejan el sudor del alfarero y el arte del pintor.

Ninguna de esas obras de arte puede decir: «Quiero estar en un lugar destacado y salir de aquí». Porque, en el momento en que intentara hacer eso, se transformaría en un montón de piezas quebradas, sin ningún valor.

Y así son los vasos, y así son los hombres, y así son las mujeres.

Y así son las tribus, y así son los navíos y así son los árboles y las estrellas.

Cuando entendamos eso, podremos sentarnos al final de cada tarde con nuestro vecino, escuchar con respeto lo que tenga que decir, y decirle lo que necesita escuchar. Y ninguno de los dos intentará imponer sus ideas al otro.

Más allá de las montañas que separan a las tribus, más allá de la distancia que separa los cuerpos, existe la comunidad de los espíritus. Formamos parte de ella, y ahí no existen calles empolvadas con palabras inútiles, sino grandes avenidas que unen lo que está distante, aunque de vez en cuando necesiten ser reparadas a causa de los daños provocados por el tiempo.

Así, el amante que regresa jamás será mirado con desconfianza, porque la lealtad acompañó sus pasos.

Y el hombre que ayer era visto como enemigo, porque había una guerra, hoy podrá volver a ser visto como amigo, porque la guerra terminó y la vida continúa.

El hijo que partió volverá a su debido tiempo, y lo hará enriquecido por las experiencias que adquirió en el camino. El padre lo recibirá con los brazos abiertos y le dirá a sus siervos: «Traigan deprisa los mejores ropajes y vístanlo con ellos; pónganle un anillo en la mano y sandalias en los pies; porque mi hijo estaba muerto y revivió, estaba perdido y fue encontrado».

*Y un hombre que tenía la frente
marcada por el tiempo, y el cuerpo
lleno de cicatrices que contaban las
historias de los combates en los que
había participado, pidió:*

*«Háblanos de las armas que debemos
usar cuando todo esté perdido».*

Y él respondió:

Cuando existe la lealtad, las armas son inútiles.

Porque todas las armas son instrumentos del mal, no son instrumentos del sabio.

La lealtad está basada en el respeto, y el respeto es fruto del Amor. El Amor ahuyenta los demonios de la imaginación que desconfían de todo y de todos, y devuelve a los ojos su pureza.

Un sabio, cuando desea debilitar a alguien, primero hace que la persona crea que es fuerte. Así desafiará a alguien más fuerte, caerá en la trampa y será destruida.

Un sabio, cuando desea disminuir a alguien, primero hace que la persona suba la montaña más alta del mundo y piense que tiene mucho poder. Así, ella creerá que puede ir todavía más alto y caerá al abismo.

Un sabio, cuando desea quitar a otro lo que éste posee, todo lo que hace es cubrirlo de regalos. Así, el otro tendrá que cuidar de lo inútil y perderá todo lo demás, porque estará guardando aquello que cree poseer.

Un sabio, cuando no logra saber lo que planea el adversario, finge un ataque. Todas las personas del mundo están siempre preparadas para defenderse, porque viven con miedo y con la paranoia de que no agradan a los demás.

Y el adversario, por más brillante que sea, es inseguro y reacciona con violencia exagerada a la provocación. Al hacerlo, muestra todas las armas que tiene, y el sabio descubre cuáles son sus puntos fuertes y cuáles son sus puntos débiles.

Entonces, ya sabiendo exactamente qué tipo de combate debe esperar, el sabio ataca o retrocede.

De esta manera, los que parecen sumisos y débiles conquistan y derrotan a los duros y fuertes.

Por lo tanto, muchas veces los sabios derrotan a los guerreros, aunque los guerreros también derroten a los sabios. Para evitarlo, es mejor buscar la paz y el reposo que habitan en las diferencias entre los seres humanos.

Aquel que un día fue herido debe preguntarse a sí

mismo: «¿Vale la pena llenar mi corazón de odio y arrastrar ese peso conmigo?»

En ese momento, echa mano de una de las cualidades del Amor, llamada Perdón. Eso lo hace volar por encima de las ofensas pronunciadas al fragor de la batalla, que el tiempo en breve se encargará de apagar, como el viento apaga los pasos en las arenas del desierto.

Y cuando el perdón se manifiesta, quien ofendió se siente humillado en su error, y se vuelve leal.

Seamos, por lo tanto, conscientes de las fuerzas que nos mueven.

El verdadero héroe no es aquel que nació para los grandes hechos, sino aquel que consiguió, a través de pequeñas cosas, construir un escudo de lealtad a su alrededor.

Así, cuando salva al adversario de la muerte segura o de la traición, su gesto jamás será olvidado.

El verdadero amante no es aquel que dice: «Debes estar a mi lado y yo debo cuidar de ti, porque somos leales uno con el otro».

Sino aquel que entiende que la lealtad sólo puede demostrarse cuando la libertad está presente. Y, sin miedo a la traición, acepta y respeta el sueño del otro, confiando en la fuerza mayor del Amor.

El verdadero amigo no es aquel que dice: «Hoy me heriste, y estoy triste».

Él dice: «Me heriste hoy por razones que desconozco y que tal vez hasta tú mismo desconozcas, pero sé que mañana podré contar con tu ayuda, y no voy a estar triste por eso».

Y el amigo responde: «Tú eres leal porque dijiste lo que sentías. Nada es peor que quienes confunden lealtad con la aceptación de todos los errores».

La más destructiva de las armas no es la lanza o el cañón, que pueden herir el cuerpo y destruir la muralla. La más terrible de todas las armas es la palabra, que arruina una vida sin dejar vestigios de sangre, y cuyas heridas jamás cicatrizan.

Seamos, por tanto, señores de nuestra lengua, para no ser esclavos de nuestras palabras. Aunque ellas sean usadas contra nosotros, no entremos en un combate que jamás tendrá un vencedor. En el momento en que nos igualemos al adversario vil, estaremos luchando en las tinieblas, y el único ganador será el Dueño de las Tinieblas.

La lealtad es una perla entre los granos de arena, y sólo quienes realmente entienden su significado pueden verla.

Así, el Sembrador de la Discordia puede pasar mil veces por el mismo lugar, pero jamás percibirá esa pequeña joya que mantiene unidos a los que deben continuar unidos.

La lealtad jamás puede ser impuesta por la fuerza, por el miedo, por la inseguridad o por la intimidación.

Es una elección que sólo los espíritus fuertes tienen el coraje de hacer.

Y, por ser una elección, jamás es tolerante con la traición, pero siempre es tolerante con los errores.

Y, por ser una elección, resiste al tiempo y a los conflictos pasajeros.

Y uno de los jóvenes de la audiencia, viendo que el sol ya estaba casi oculto en el horizonte, y que en breve el encuentro con Copta llegaría a su fin, preguntó:

« ¿Y con respecto a los enemigos? »

Y él respondió:

Los verdaderos sabios no se lamentan ni por los vivos ni por los muertos. Por lo tanto, acepta el combate que te espera mañana, porque estamos hechos por el Espíritu Santo, que muchas veces nos pone ante situaciones que debemos enfrentar.

En ese momento, hay que olvidar las palabras inútiles, porque todo lo que hacen es disminuir los reflejos del guerrero.

En el campo de batalla, un guerrero está cumpliendo con su destino, y a él debe entregarse. ¡Pobres de los que piensan que pueden matar o morir! La Energía Divina no puede ser destruida, y todo lo que hace es cambiar de forma. Decían los sabios de la Antigüedad:

Acata eso como un designio superior, y sigue adelante. No son las batallas terrenales las que definen al hombre, porque así como el viento cambia de rumbo, también la suerte y la victoria soplan en todas direcciones. El derrotado de hoy es el vencedor de mañana, pero, para que eso suceda, el combate debe ser aceptado con honor.

Así como alguien viste ropas nuevas, abandonando las antiguas, el alma acepta nuevos cuerpos materiales, abandonando los viejos e inútiles. Sabiendo esto, no te debes afligir por el cuerpo.

Ése es el combate que enfrentaremos esta noche o mañana por la mañana. La historia se encargará de contar cómo fue.

Pero como estamos llegando al final de nuestro encuentro, no podemos perder tiempo con eso.

Quiero, por lo tanto, hablar de otros enemigos: los que están a nuestro lado.

Todos tenemos que enfrentar a muchos adversarios en la vida, pero el más difícil de vencer será aquel al que tememos.

Todos encontraremos rivales en cualquier cosa que hagamos, pero los más peligrosos serán los que creemos que son nuestros amigos.

Todos sufriremos cuando seamos atacados y heridos en nuestra dignidad, pero el mayor dolor será provocado por quienes considerábamos un ejemplo para nuestra vida.

Nadie puede evitar cruzarse con quienes le traicionarán y calumniarán. Pero todos podemos apartar el mal antes de que muestre su verdadero rostro, porque un comportamiento excesivamente gentil muestra un puñal escondido y listo para ser utilizado.

Los hombres y mujeres leales no se sienten incómodos por mostrar quiénes son, porque otros espíritus leales entenderán sus cualidades y defectos.

Pero apártate de quien procure agradarte todo el tiempo.

Y cuidado con el dolor que puedes causarte a ti mismo, si dejas que un corazón cobarde y vil forme parte de tu mundo. Después de que el daño esté consumado, de nada sirve culpar a alguien: la puerta fue abierta por el dueño de la casa.

Cuanto más frágil es el calumniador, más peligrosas son sus acciones. No seas vulnerable a los espíritus débiles que no soportan ver a un espíritu fuerte.

Si alguien se te enfrenta por ideas o por ideales, aproxímate a la lucha, porque no hay un momento en la vida en que el conflicto no esté presente, y a veces debe mostrarse a la luz del día.

Pero no pelees para probar que tienes la razón, o para imponer tus ideas y tus ideales. Acepta el combate para mantener tu espíritu limpio y tu voluntad impecable. Cuando la lucha termine, ambos lados serán vencedores, porque probaron sus límites y sus habilidades.

Aun cuando en un primer momento uno de ellos diga: «Yo vencí». Y el otro se entristezca pensando: «Fui derrotado».

Como ambos respetan el coraje y la determinación del otro, pronto vendrá un tiempo en que volverán a caminar con las manos unidas, aunque para eso deban esperar mil años.

Mientras tanto, si alguien aparece sólo para provocarte, limpia el polvo de tus zapatos y sigue adelante. Pelea sólo con quien lo merece, y no con quien usa artimañas para prolongar una guerra que ya terminó, como sucede en todas las guerras.

La crueldad no viene de los guerreros que se encuentran en un campo de batalla y saben lo que están haciendo ahí. Viene de los que manipulan la victoria y la derrota de acuerdo con sus intereses.

El enemigo no es el que está frente a ti, con la espada en la mano. Es el que está a tu lado, con el puñal a sus espaldas.

La más importante de las guerras no se libra con el espíritu elevado y el alma aceptando su destino. Es la que está en curso en este momento, mientras conversamos, y cuyo campo de batalla es el Espíritu, donde se enfrentan el Bien y el Mal, el Coraje y la Cobardía, el Amor y el Miedo.

No trates de pagar odio con odio, sino con justicia.

El mundo no se divide en amigos y enemigos, sino en fuertes y débiles.

Los fuertes son generosos en la victoria.

Los débiles se unen y atacan a quienes perdieron, sin saber que la derrota es transitoria. De entre los perdedores, elijen a quienes parecen más vulnerables.

Si esto te sucediera, pregúntate a ti mismo si te gustaría asumir el papel de víctima.

Si la respuesta es sí, jamás te librarás de ello por el resto de tu vida. Y serás presa fácil cada vez que estés ante una decisión que exija coraje. Tu mirada de derrota es siempre más fuerte que tus palabras de victoria, y todos podrán percibirlo.

Si la respuesta es no, resiste. Es mejor reaccionar ahora, cuando las heridas se curan fácilmente, aunque eso exija tiempo y paciencia.

Pasarás algunas noches en vela, pensando: «No me merezco esto».

O creyendo que el mundo es injusto, porque no te dio

la acogida que esperabas. Muchas veces avergonzado por la humillación que sufriste ante otros compañeros, ante tu amada, ante tu país.

Pero si no desistes, la manada de hienas se apartará e irá a buscar a otros para el papel de víctima. Ellos tendrán que aprender la misma lección por sí mismos, porque nadie podrá ayudarlos.

Por lo tanto, los enemigos no son los adversarios que fueron puestos ahí para probar tu valor.

Son los cobardes, que fueron puestos ahí para probar tu flaqueza.

La noche había descendido por completo. Copta se volvió a los religiosos que todo veían y escuchaban, y les preguntó si tenían algo que decir. Los tres asintieron con la cabeza.

Y el rabino dijo:

«Un gran religioso, cuando vio que los judíos estaban siendo maltratados, fue al bosque, encendió un fuego sagrado e hizo una oración especial, pidiendo a Dios que protegiera a su pueblo.

»Y Dios envió un milagro.

»Más tarde, su discípulo fue al mismo lugar del bosque y dijo: 'Maestro del Universo, no sé cómo encender el fuego sagrado, pero sí sé hacer una plegaria especial. ¡Escúchame, por favor!'

»Y el milagro sucedió.

»Una generación transcurrió, y otro rabino, cuando vio las persecuciones a su pueblo, fue al bosque, y dijo: 'Yo no sé encender el fuego sagrado, ni conozco una plegaria especial, pero todavía me acuerdo del lugar. '¡Ayúdanos, Señor!'

»Y el Señor los ayudó.

»Cincuenta años después, el rabino Israel hablaba con Dios en su silla de ruedas: 'No sé encender el fuego sagrado, no conozco la oración y no consigo siquiera pensar en un lugar en el bosque. Todo lo que puedo hacer es contar esta historia, esperando que Dios me escuche'.

»Y, una vez más, el milagro sucedió.

»Vayan, por lo tanto, y cuenten la historia de esta tarde.»

Y el imán que estaba a cargo de la mezquita de Al-Aqsa, después de esperar respetuosamente que su amigo el rabino terminara de hablar, comenzó:

«Un hombre tocó a la puerta de su amigo beduino para pedirle un favor:

»—Quiero que me prestes cuatro mil dinarios, porque debo pagar una deuda. ¿Es posible?

»El amigo pidió a su mujer que reuniera todo lo que tenían de valor, pero ni así fue suficiente. Fue necesario salir y pedir dinero a los vecinos, hasta que consiguieron la suma necesaria.

»Cuando el hombre se fue, la mujer notó que el marido estaba llorando.

»—¿Por qué estás triste? Ahora que nos endeudamos con nuestros vecinos, ¿tienes miedo de que no seamos capaces de pagar la deuda?

»—No. Lloro porque éste es un amigo que quiero mucho, y a pesar de eso no sabía cómo estaba. Sólo me acordé de él cuando necesitó tocar a mi puerta para pedir dinero prestado.

»Vayan, por lo tanto, y cuenten a todos lo que escucharon esta tarde, de modo que podamos ayudar a nuestro hermano antes de que lo necesite.»

Y así que el imán terminó de hablar, el sacerdote cristiano comenzó:

«He aquí que el campesino salió a sembrar. Y aconteció que una parte de la simiente cayó a un lado del camino, y vinieron las aves del cielo y se la comieron.

»Y otra cayó sobre piedras, donde no había mucha tierra, y pronto nació, porque no tenía tierra profunda. Pero al salir el sol, se quemó, y como no tenía mucha raíz, se secó.

»Y otra cayó entre espinos, y al crecer los espinos, la sofocaron y no dio fruto.

»Y otra cayó en buena tierra y dio frutos, que maduraron y crecieron, y uno produjo treinta, otro sesenta y otro cien.

»Por lo tanto, esparzan sus simientes en todos los lugares que visiten, porque no sabemos cuáles florecerán para iluminar a la próxima generación».

La noche cubría ahora la ciudad de Jerusalén, y
Copta pidió a todos que volvieran a sus casas y anotaran
todo lo que habían oído, y a los que no sabían escribir,
que procuraran recordar sus palabras. Pero antes de que
la multitud se marchara, todavía dijo:

«No piensen que les estoy entregando un tratado de
paz. En realidad, a partir de ahora esparciremos por el
mundo una espada invisible, para que podamos luchar
contra los demonios de la intolerancia y de la incom-
prensión. Y cuando las piernas ya no aguanten más, pro-
paguen la palabra o el manuscrito, siempre eligiendo a
personas dignas de empuñar esa espada.

»Si alguna aldea o ciudad no los quisiera recibir, no
insistan. Vuelvan por donde vinieron y sacudan el polvo
del suelo que se pegó a sus zapatos. Porque ellos serán

condenados a repetir los mismos errores por muchas ge-
neraciones.

»Pero bienaventurados los que escuchen las palabras
o lean el manuscrito, porque el velo se rasgará para siempre, y nada más habrá oculto que no les sea revelado.

»Id en paz».

Acerca del autor

Traducido a 73 idiomas y publicado en más de 170 países, Paulo Coelho es uno de los escritores más influyentes de nuestro tiempo. Nació en Río de Janeiro en 1947, y a temprana edad descubrió su vocación de escritor. Inconformista e innovador, trabajó como periodista, actor, director de teatro y compositor. En 1987 publicó su primer libro, *El Peregrino*, luego de recorrer el Camino de Santiago. A éste le siguió *El Alquimista*, libro con el que inició su trayectoria internacional; vinieron después muchas otras obras que han llegado al corazón de las personas en el mundo entero. Colabora con algunos de los medios más prestigiosos del mundo, y desde 2002 es miembro de la Academia Brasileña de Letras. En 2007 fue nombrado Mensajero de la Paz de las Naciones Unidas.

www.paulocoelhoblog.com